DENMA

THE QUANX

14

양영순

네오카툰

chapter III . 01-1

다이크

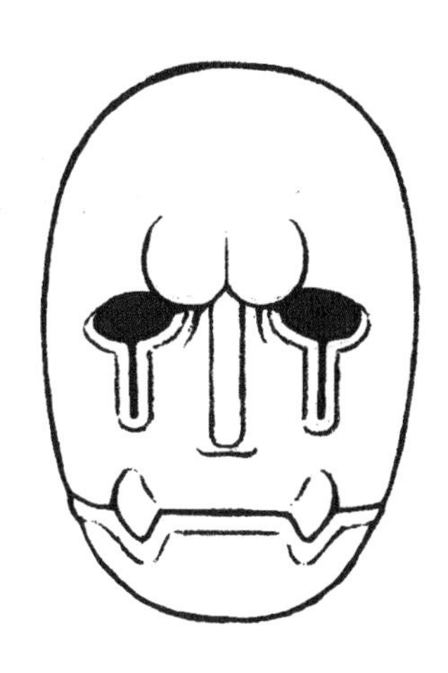

타
다
다
다

하아
하아
하아

!

색이… 벌써
어두워지고 있어!
뭐?
말도 안 돼!

여긴
3등급들이나 걸리는
제한 거리야.
네 건…
네 건 어때?

…마찬가지다,
빌어먹을!
놈들이
우리 도주를
눈치채고 등급을
떨어뜨린 거야!

좋아,
어차피 오십보백보!
여기서 갈아 신자!
아, 역시 난…
안 되겠어.

그게 무슨 소리야?
너 없이 나 혼자 무슨
의미가 있어?
약한 소리 말고
당장 갈아 신어! 기회는
이번뿐이야!

자국을 지우면
개들이 바로
따라붙을 거야.
뒤돌아보지 말고
무조건 앞으로만 뛰어.

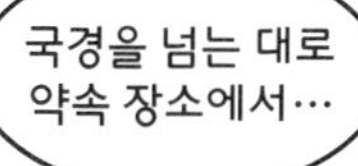
국경을 넘는 대로
약속 장소에서…

꼭 살아서
만나.

츠르르르

정말…
사라졌어.
뭐 해?
당장 출발해!

퉁

팅

퉁
팅

슈슈슈
!

저건 뭔…
참 애쓴다.
그럴 힘으로 여기서
열심히 살지?
쯧쯧쯧…
경계를 이미
넘어버려서…

!

이런…

!

뭐… 뭐야!
다시 나타났어.
게… 게다가…

퍽

대체 이런 가짜는 누가 만들어서 파는 거야?
소유 마크가 사라지는 게 아니라 잠시 안 보이는 것뿐이잖아.

!

심장마비…

그건 사인이라기 보다는
퍽
결과지.
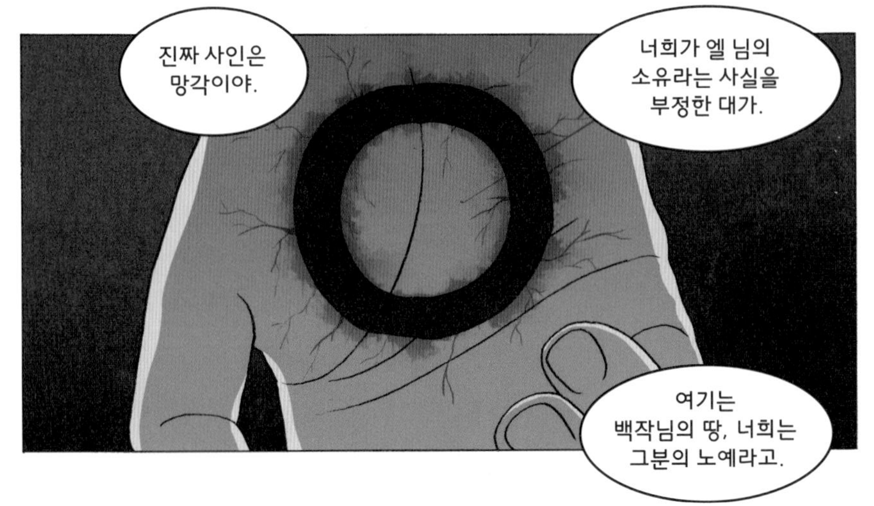
진짜 사인은 망각이야.
너희가 엘 님의 소유라는 사실을 부정한 대가.
여기는 백작님의 땅, 너희는 그분의 노예라고.

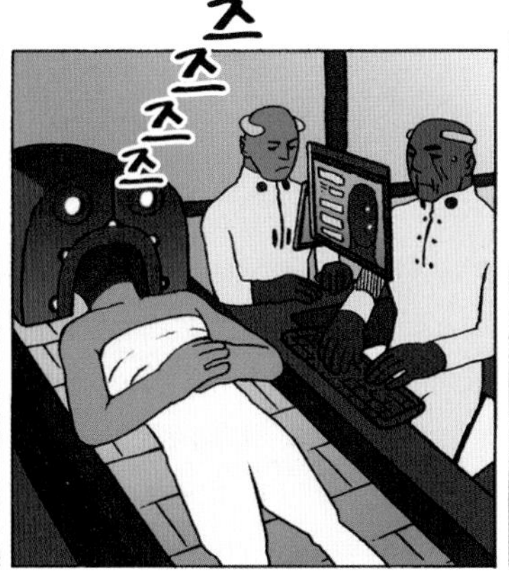
츠
즈
즈
즈
즈
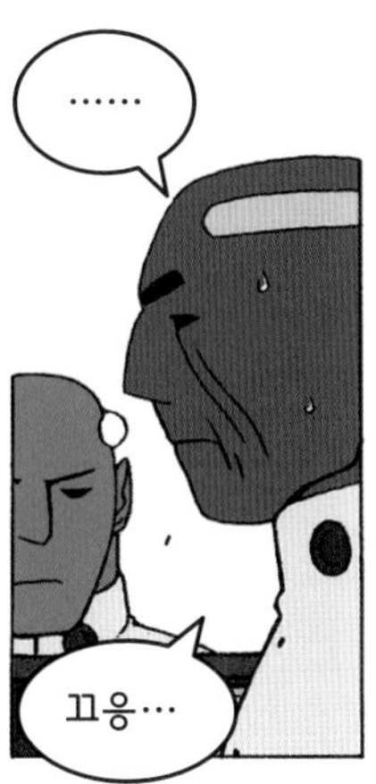
……
끄응…

그만!
여기서 멈추지.
출력 과부하로
백작님이 위험해.

얼굴에 박힌
이 탄환들은 다차원
사물 쿼이야.
도대체
이런 물건은 어디에서
난 건지…

수고했어.
마취 깨기 전에
회복실로 모셔.
옛썰!

……

뭐야, 당신들?
예?
그러고도 8우주
최고 전문가야?

아, 그 탄환들은
8우주 물질이
아닙니다.
백작님의
안전을 위해서 외과적
접근은 한계가…

아, 아저씨!
그래서 당신을 부른 거 아냐!
남들이 할 수 있는 거라면 댁들을 왜 그 가격에 불러? 그게 어디 한두 푼 이냐고?

저기… 말씀이 좀 지나치십니다.
……

……

빡

지나쳐?
떨거지 주제에 뚫린 입이라고…

지금 뭐 하는 겁니까? 당장 그만둬요!
분위기 파악 좀 해! 지금 너 같은 게 끼어들 자리가 아니라고!

지나친 건 말도 안 되는 너희 몸값이지.
8우주 최고라면서 한 게 뭐가 있는데, 이 사기꾼들아!

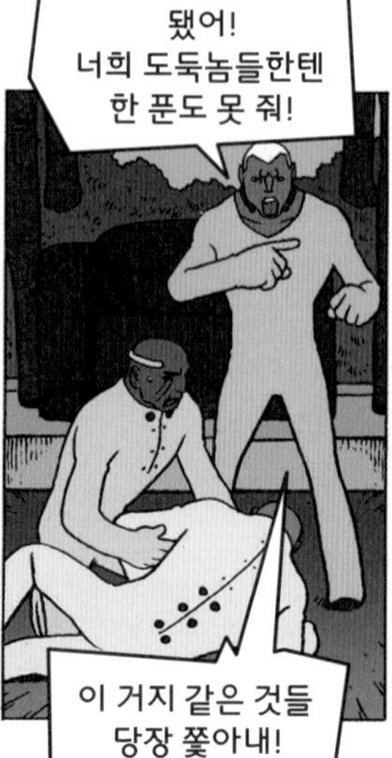
됐어! 너희 도둑놈들한텐 한 푼도 못 줘!
이 거지 같은 것들 당장 쫓아내!

이… 이런 경우가 어딨소?
평의회에 고소하겠소!

고소…?
…같은 소리 하고 자빠졌네. 누가 누굴 고소해?
어디 마음대로 해봐. 분명히 경고하는데
고소한 사실이 내 귀에 들어오기만 해. 다음 날 너희랑 네 가족 전부
완전히 분해돼서 여기저기 흩뿌려져 있을 줄 알아!
난 분명히 경고했어.
치이잇…
망할 자식! 소문대로 아주 개망나니네.
엇?
!
이봐, 총무! 이거 너무하는 거 아니오?
도련님이 우리 선생님께 이런 모욕을…
오, 이런 맙소사…

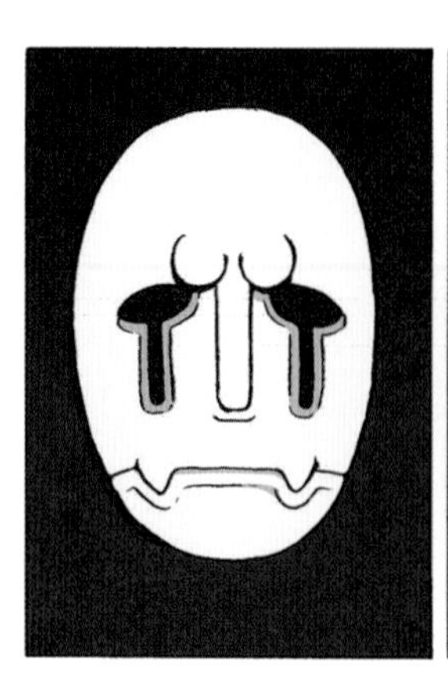

……

후우우우…

백작님,
회복제 드실…
슥

허엇!

죄… 죄송합니다.
……
다시 가져
오겠습니다.

으으으…
소름 끼쳐.
휙
오늘 밥은
다 먹었네.

슥

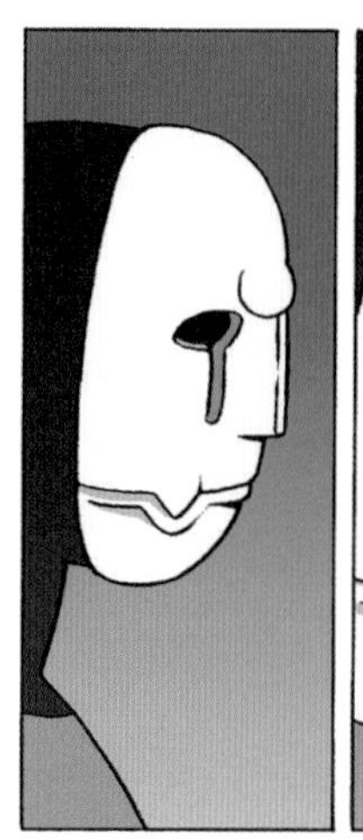

……

뭘?
내가 뭘?
그 사람들은 외지인들이라고요. 폭행죄가 적용되면 문제가 커져요.
그런 걸 해결하는 게 당신 일이고.
아버지 귀에 들어가지 않도록 잘 다독였겠지?
흐음…
뭐야? 내 앞에서 그런 태도 보이지 말랬잖아!
나를 못 말리는 문제아 취급하는 꼴만 보면 피가 거꾸로 솟는다고!
그렇게 잘났어? 그럼 왜 그딴놈들을 데려온 건데?
진짜로 한심한 게 누구야?
……
용서하세요, 도련님.
제 불찰입니다.

사과하려면 영혼을 담아서 해. 마지못해…
그리고 일 좀 똑바로 하란 말이야. 아버지 고통은 삼촌이 제일 잘 알잖아.

명심하겠습니다.
그래, 그 사기꾼들은 뭐래? 아버지 얼굴은 끝내 못 고친대?

지난번 팀과 같은 의견입니다.
문제를 만든 장본인이 가장 안전하게 해결할 수 있답니다.

젠장, 또 그 소리…
하나마나한 얘기잖아.
하아켄이란
그 쿵놈 흔적조차
못 찾고 있는
판국에…

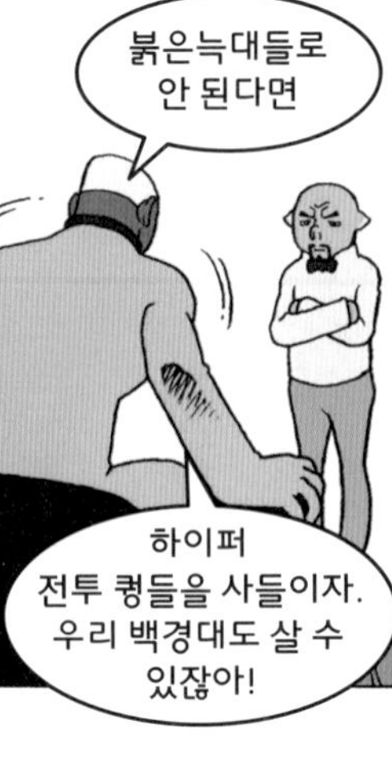
붉은늑대들로
안 된다면
하이퍼
전투 쿵들을 사들이자.
우리 백경대도 살 수
있잖아!

그건 적절치 않아요.
고산가에서 우리에게
파견했던
백경대원들을
다시 거둬들인 일…
기억하시죠?

빌어먹을!
뭐가 무서워서?
우리 힘을
언제까지 숨기고
있어야 하는데?

지금 우린
짚나이트 독점권을
여기저기서 견제받고
있잖습니까?
고산가 매니저들이
우릴 계속 주시하고
있습니다.

준비가 끝날
때까지 쿵 딜러들과는
어떤 하이퍼 쿵
거래도 없어야 해요.
대신에…

하아켄을
끄집어낼 미끼를
발견했습니다.
미끼?

하아켄의 딸…
가이린.

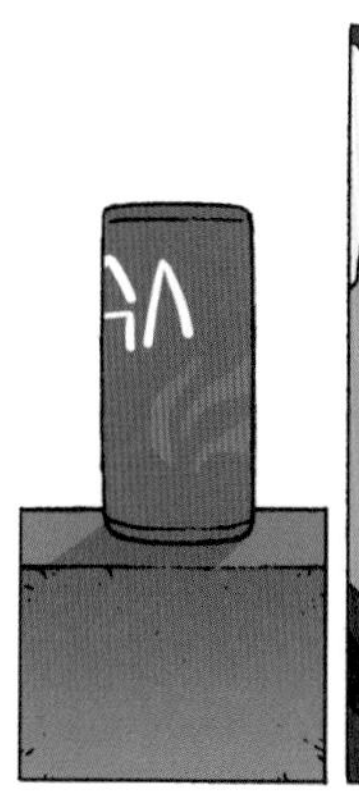

……

사과…

사과…

사과…

사과…

사과…
끄응

똥 싸냐?

아, 쫌! 전화하기 전에 통화 의사 좀 물어!
그건 네가 설정해야지.

그물에 고래 걸렸다. 저녁에 같이 가.
고래 같은 소리 하네.

코로 먹고 사는놈이 입만 살아가지곤…
칙
고래인지 멸치인지는 내가 판단해.

늑대굴 수장들
명단이야.
자유민 투쟁연합
일급 기밀을
우연히 구했대.

우연히? 신뢰도
최악이네. 냄새나.
내 코로는
괜찮아. 안 내키면…
살라이랑 같이
갈래.

형, 저녁은
제가 살게요.
명단 손에
쥐고 난 뒤에 먹자.
8시까지 와.

다이크!
틱
OFF
!

뭐야, 어떻게 왔어?
오늘 안 바빠?
헤…

오, 이런…

천천히 먹어.
냠
냠
냠
슥

그 빵이 그렇게
맛있어?
너희 종단은
이걸 1년에 한 번
나눠주면서 신앙심을
테스트하는 것
같아.

어때? 이참에
태모님을 영접하시죠?
매일 주면
생각해 볼게. 이거
몇 개만 더 훔쳐 와.

ㅎㅎㅎ… 그럴게.
나 오늘…
네 방에 놀러 가고
싶은데…

이 엉큼한 놈…
어허, 이 사람.
누가 들으면 오해
하겠네.

방에서 손만 잡고
있을 거란 말이야.
심장은 다른 말
하는데?

갈게.
싫어.

저녁은
빵코랑 먹게 됐어.
좀 늦을 거야.
응, 이따 봐.

테이야!
응?
고마워.
사랑해.
나도.

CLUB
脈

……

CLUB
脈
!

어이,
초대장 없이는
입장 안 돼.
초대장?

영업 허가는
받았어?
치익
이거면 되겠지?

……

부… 붉은늑대다.
치잇!
노예들이나 상대할
것이지…

후다닥

응?
쿵쿵
뭐야…?

끄나풀은
어디서 보기로
했는데?
둥
둥
둥
화장실!
둥
둥
둥
둘만의 시간이
필요한 건 아니고?

Restroom

이런 제기랄!
늑대굴놈들이
눈치챈 모양이군.

!
아…

젠장!
희미했지만 분명
피 냄새였어!
뭐?

하아
하아

쫓아오는 놈…
없지?
좋아,
임무 완료!

아저씨, 잠깐
얘기 좀 합시다.
헛!

뭐… 뭡니까?
뭐냐고?
우리보단 당신이
더 잘 알 것
같은데?

텁

어쭈?
삼켰어?

빡

어디 보자…
슥
목구멍으로
삼켰다면…

이 정도…?
투둑

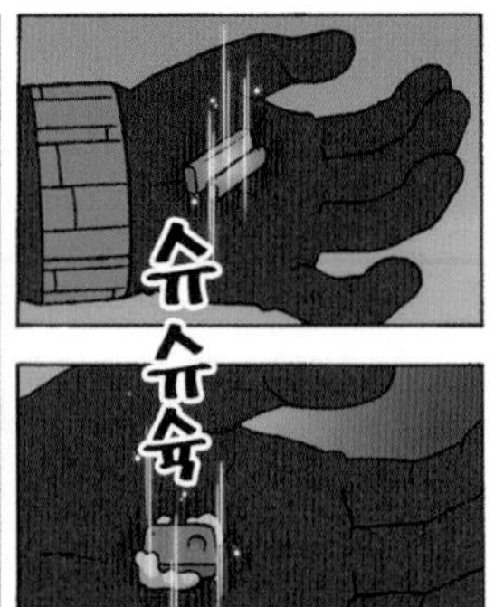
슈슈슉

저런,
그 친구 위장에
구멍 생겼겠다.
넘겨받으려던
메모리 맞아?
아마도…

어디…
팃
늑대굴의
수장들이라…

얀마, 여기서
열어 보면 어떡해?
궁금해.
어떤놈들이 우릴
공격하라고
시키는지…

아, 그건
이따 가서 보고 이놈
콩 수갑 채우는 거나
도우라고!
!

뭐… 뭐야!
테… 테이!?

!

퍽
크윽!
……

가만있어!
쿵 수갑으로 네 능력은 이미 묶였다고!

……
아, 뭐 해? 그만 보고 좀 도우라니까!

……
일단은…

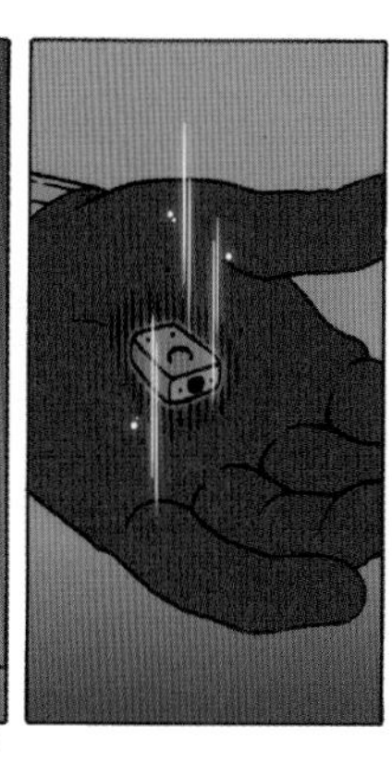

아, 쫌!
주먹 날아가고 있잖아!

메모리!

어…?
부… 분실 위험이 있으니까 복사본 만들어 올게.

……
장난해? 너 설마 내 공을 가로채려고?

아, 놈한테 기억
읽히면 되잖아!
날 뭘로 보고…

알았어. 너야말로
분실 조심해.
살라이를
불러야겠어.

아, 그 자식은
왜 부르려고? 차라리
말테를 불러.
말테 바빠!
이 늑대굴 킬러를
본부까지 네가
데려갈래?

슈슉

야, 야!
지금은 일하는
시간이야!
……
……

여기 있는 걸
전부 옮겨야 돼?
간다. 내일
보자고.

슈슈슉
메모리
잊지 말고!
아무렴.
메모리…?

……

젠장할…!
이게 어떻게
된 거야?

차르르

좋아요. 오늘은
여기까지. 늦은 시간까지
모두 수고했어.
나가시면서 단식절 빵
챙겨 가세요.

지휘자님,
빵이 2개 모자라요.
저런, 내일
집사님께 여쭤
볼게요.

내일 뵐게요,
선생님.
응, 안녕.
잘 가요.

바요가…
붉은늑대들에게
붙잡혔습니다.
수장들 명단은…
유출된 것 같습니다.

빌어먹을!
CCTV에 찍힌
내용으로 보아 붉은늑대 중
명단을 확인한 건
아직 한 사람…

다이크…로
확인됩니다.
……

어때, 농?
단서 좀 읽혀?
츠츠츠
……

전혀. 기억 읽기 차단 기술이 쓰였어. 이건 못 뚫어.
츠츠츠
아, 냄새까지 지웠더라고.

이것들이 날 염두에 뒀는지 피 냄새 말고는…
우릴 전부 꿰고 있는 거야.
킁킁
틀림없어. 우리 팀에 늑대굴 끄나풀들이 있는 거라니까.

아까 그놈이 가져간 메모리에 늑대굴 수장들 명단이 있었다고?
응, 당장은 그걸로 만족해야지.

이상하잖아. 메모리 분실이 염려돼 복사해 오겠다라니?
그런 걱정이면 현장에서 웹으로 바로 전송하는 게 상식 아냐?

……
그래, 나도 그게 이상하게 들렸어.

그건 공유하기 싫다는 건데…
뭔데? 우리가 보면 안 되는 게 있다는 거야? 아니면…

아니면
늑대굴 끄나풀이
바로…
다이크…!?

설마…
허세가 좀 있긴
하지만 그런…

하긴
그러고 보니…
아버지가 늑대굴
출신이었다는 얘기를
들었던 것 같기도 해.

이놈을 어서
지하 클리닉에
팔아버리고
당장 다이크를
찾아야 하는 거 아냐?
명단을 놓치지
않으려면…

놈이
끄나풀이라면 이미
메모리는 끝장났어.
지금
소란스러우면 우리만
손해니까 일단은
기다리자고.

여기는
백작님의 땅!
어차피놈은 절대
벗어날 수 없어.

……
타닥
타닥

……
일치해. 몇놈은
붉은늑대가 현재
추적 중인
용의자…

……
이 명단은…
사실이야.

그럼…
그동안 완전히
날 가지고 놀았던 거구나.
빵이나 몇 개 던져
주면서…

탕

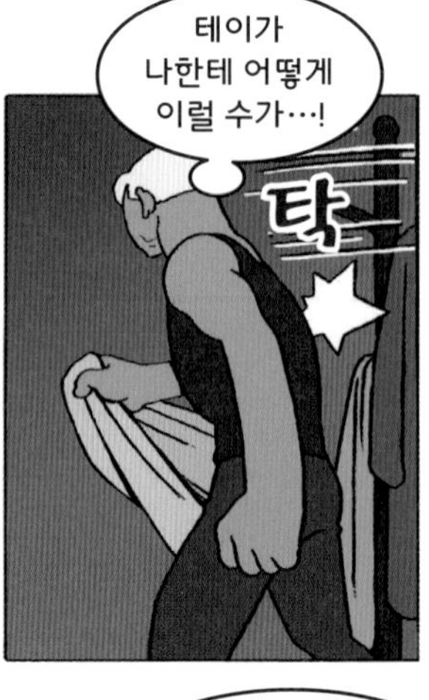
테이가
나한테 어떻게
이럴 수가…!
탁

……

일단은…
약속했으니 귀가
해야지.
예에? 그건
너무 위험합니다.
쿵 경호원을…

아냐. 혼자 가야 돼.
다른 수장들이
이 상황을 묻거든
내가 책임지고
처리한다고 전해.

붉은늑대에 잠입해
있는 친구들에겐
오늘 이후
팀장이 바뀌더라도
너무 당황하지 말라고
전하고.

임무는
지금처럼 안전하게
계속될 테니까.
철컥

……
!
……

슥
슥

!
탁
야, 야! 지금
뭐 하자고?
먼저 내 입장을
밝히는 거야.
탁

……
언제부터
늑대굴 멤버였어?

취조해? 넌
언제부터 붉은늑대
였는데?
당신보단
오래되지 않았지!

너 지금 내 기분이
얼마나 엿같은지 알아?
나한테 했던
말과 행동… 전부
거짓이었어?

……
거짓이었다고
생각해?

아니!
제기랄!
이게 뭐야? 우리 꼴이
왜 이런 건데?

얘기해. 나한테
접근한 이유가 뭐야?
날 이용하려고?
네 끄나풀로 만들려고?

끄나풀로 만들려고…
붉은늑대
살라이에게 접근해
연인이 됐어.

자기 생일에
절친을 소개했지.
인사해, 테이야.
이쪽은 다이크. 내가
우라노에서 유일하게
믿는 친구야.

아, 언젠가
뵌 적이 있는… 것 같아요.
반갑습니다.
야, 대놓고
수작이냐?
만나서…
반갑습니다.

이놈 붉은늑대 만들려고 애쓰는데 계란으로 바위 치기야.
이 녀석 엉클의 반대가 워낙 심해서…

짜잔! 나 취직했어!
엉클의 반대에도 불구하고 네가 붉은늑대가 된 건 우리가 연인이 된 이후였어.

정말 난감했지.
……
응?

이제 테이한테 맛있는 거 사줄 수 있게 됐는데…
기… 기쁘지 않아?

그때의 복잡한 심경이라니…
……

아니. 나랑 사귄 이유가 뭐냐고?
살라이를 노렸다며? 내가 걔보다 쉬워 보였어?

늑대굴 수뇌부가 전술을 바꿨어.
우리에겐 더 이상 살라이가 필요없게 됐거든.

그즈음 다이크가 내게 한참 들이대고 있었던 거 기억나?
정말 무례한 놈이라니까. 절친의 여친에게…

아, 그… 그거야 어디까지나 친구로서 소통의 영역…
이상하게 그 뻔뻔함이 싫지 않았어. 연애가 목적인 연애를 갈망했던 탓인지…

그렇게 너랑
사귀기 시작한 거야.
잘 기억해봐.
붉은늑대인 널 만난 게
아니라

만나던 사람이
붉은늑대가 된 거라고.
넌…
조직이 아니라 내가
선택한 사람이야.

그 때문에
한때 퇴출 직전까지
내몰리기도 했어.
그때 쫓겨났다면
오늘 이 시간, 이 자리는
없었을 텐데…

……

이 메모리는…?
늑대굴 수장들
명단이 든 원본이야.
돌려줄게.

……
다… 다이크…

오해하지 마.
사본은 충분히 만들어
놨으니까.
응?

네게 분명히
말해둘게.
난 늑대굴놈들을 증오해.
그게 누구든… 단 한놈도
살려둘 수 없어.

그러니까…

인질로 삼겠다는 말씀이죠?
어허! 이 친구 단어 선택 왜 이래? 인질이라니?

숨어 있는 하아켄을 끄집어내려면
그 딸의 도움이 필요하다는 거야.

예에…
근데 그 여자가 지금 있는 곳이…

그래, 상대가 상대라 실수하면 일이 너무 커져.
최대한 조용히 처리해야 돼.

실력 있는 멤버로 최소한의 팀으로 구성해. 무엇보다 중요한 건
임무 중에 신원이 들통나선 절대로 안 된다는 거야.

그런 거라면 믿고 맡겨주세요, 하즈 님.
사람 하나 납치해 오는 일인데… 식은 죽 먹기죠.

빡

표현 좀 가려서 쓰라니까!
이건 납치가 아니라 도움을 구하는 거라고!

후드득

……

뭐야, 이게?
얘기했잖아. 복사본. 우리 팀에게 전부 나눠주려고.

……
원본은?
뭐?

애쓴다. 진짜 어색해.
이런 말도 안 되는 수고는 왜 했어? 응? 뭘 감추려고…?

뭔 개소리야! 누가 뭘 감춰? 뭐가 어색해?
해킹 가능성을 사전에 차단해야 할 것 아냐!

원본… 원본 줘봐!
이 복사본들이 원본과 같다는 보장이 어딨냐고?

저… 저… 당황하는 기색 좀 봐!
저거 수상해. 야, 농! 잴 좀 읽어 봐.

너무 불쾌하게 생각하진 마.
확실하게 해두려는 형식적인 절차니까.

응, 거기 잠시 앉으면 돼.
오래 걸리진 않을 거야.

빡

이것들이 지금 보자 보자 하니까…
전부 아침을 똥구멍으로 처먹었나? 미쳤어?

좋아, 와서 읽어!
너희가 날 의심한 거라면 네놈들 눈깔을 뽑을 거야.
대신에…
농담 아닌 거 알지? 날 의심해? 너희가 제정신이야?

이것 봐라…
이거 전형적인 방귀 뀐놈이 성내는 패턴이잖아. 확실해.

농, 당장 가서 샅샅히 읽어!
……

어서 와! 읽어!

뭐 해? 어서!
……

아, 눈깔 뽑히면 인공장기 쓰면 되잖아!
그때까지 잠시 불편할 뿐이니까 어서 와서 읽어!

아, 이것들이 진짜… 적당히 좀 해!
이러다 싸우기라도 하면 완전히 엿된다고!

아, 비켜! 저놈 꿍꿍이를 밝혀야지!
저거 늑대굴 끄나풀인지도 모른다고!

하! 하여간 저 등신…
저렇게 사람 마음을 모르니 테이가 떠났지.

까득

염병…

……

우리가 너희를 어떻게 다루는지 잘 알지?
널 지운 명단 사본을 내일 아침 우리 팀에 뿌릴 거야.

네 입장도
있으니까 당장 수장들에게
피신하라고 일러.
그리고 넌
당분간 종단에 의탁해서
우라노에서 피해 있어.

이 상황이 잠잠해지면
널 데리러 갈 테니까.
붉은늑대
총동원령이 내려지면
너희가 감당할 수 없어.
이게 최선이야.

늑대굴 놈들은…
그게 누구든
살려둘 수 없다며?

아, 젠장할!
당연히
너는 빼야지!

……

멍청이…
늑대굴이 그렇게
만만한 줄 알아?
대피는 너부터
시켜야겠어.

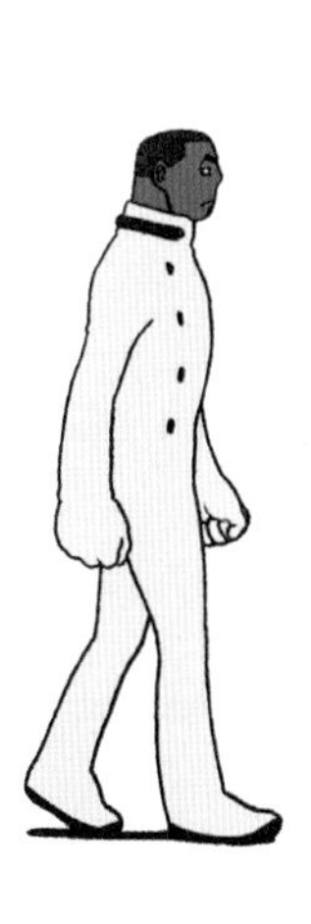

……
하즈 님께
큰소리는
쳤다만…

상대는 매머독…
모두들
꺼릴 텐데… 누굴
보낸다?

와
당
탕
!

누구든 이 상황을
보면 말려야 한다고
생각하겠지만
그래, 이건 너무
둘만의 문제라…

이 개자식!
네가 사람이야?
지랄! 누굴
엿먹이려고!

두 사람
그만두지 못해? 이게
무슨 짓이야?
!

당장 내 사무실로
튀어 와!

……

흐음…
그래, 괜찮겠어!

두 사람,
괜찮은
조합이야.
예?

너희가 다녀와.

……

놈들에게 명단이
넘어간 마당에…
더 이상
이런 복면놀이가
무슨 소용이야?
모두 벗자.

후으으으…
젠장! 이제
걸어다니는 과녁이
돼버렸네.

그래도…
누군 마음 편하겠어.
붉은늑대들의
그림자가 우릴 아무리
짓뭉개놔도

한 사람은
피해 갈 테니.
……

그 전에
누구는 그 주둥이부터
짓뭉개질 듯.
무섭네.
남친 잘 둔 덕에
자신감이 넘쳐.

둘 다 그만둬!
어떻게 대처할 건지
거기에만 집중해.
지금 그런
한가한 대화를 나눌
때가 아니야.

한가해?
붉은늑대가 가져다준
메모리에
어떤 함정이
있을 줄 알고?

무슨 함정?
우리도 공감하는
살생부야.
아, 그쪽 명단에
넌 빠져 있다며?
난 인정 못 해!

벌떡

잘 들어.
난 누구처럼 공과 사를 구분 못 해 일을 망친 적 없어.
여친들에게 줄 선물 때문에 공금을 횡령한 적도 없어.

뭐야, 왜 갑자기 지난 얘길…?
그러니까 시비 걸면 누가 손해?

우리 말이야…
잠시 우라노를 떠나 있는 게… 낫지 않을까?

그럼 그동안 늑대굴 식구들은?
우리가 올 때까지 놈들에게 붙잡혀 고문 당할 텐데? 뭐야? 어떻게 그런…

명단이 넘어갔다지만 당장 우릴 어떻게 하진 않겠지?
그동안 평의회에 다시 특사를 보내 우라노의 현실을 어필…

…하는 게 안 통하는 건 벌써 수차례 경험했잖아.
평의회를 움직이는 건 돈이야.

평의회의 우라노 대표는 엘가로부터 지원금을 받고는 우릴 테러 집단으로 규정했어.
이제 우리가 평의회로부터 받을 수 있는 건 폭탄 세례 뿐이야.

그럼… 다른 생각 있어?
다른 생각이 있을 리 없지. 내겐 오직 한 가지뿐이야. 싸워야 돼.

그걸 누가 몰라? 지금도 우린 최선을 다해 싸우고 있어.
아니. 지금은 우리의 싸움 대상이 잘못 설정돼 있다고 생각해.

우리 타깃은 붉은늑대가 아니라 엘 백작이야!
명단 유출 막으려던 바요는 지금 어떤 일을 겪고 있을까?

늘 수동적이고 방어적인 전술 때문에 늑대굴의 쓸만한 인재들만 축나.
그들에게 제대로 싸울 기회조차 준 적이 없다고.

왜? 그럼 전면전이라도 펼치시게?
평의회 폭탄이 기다린다며?

우리 쪽 쿼 화력을 최대한 끌어모으면… 전면전은 가능해.
문제는… 평의회의 개입. 그렇게 되면…

그러니까 평의회가 끼어들기 어려운 상황을 만들자고.
어떻게?

태모신교…
종단 전투 쿼 화력들을 내가 빌려 올게.

하아켄의
딸이라고…?

자기 아버지랑은…
완전히 다르네.
근데 어쩌다가
매머독의 하렘에 있게
된 거람?

제기랄.
매머독의 무희를
납치해 오라니…
팀장이 우릴
완전히 엿먹이는
거잖아.

이게 다
너 때문이야.
네가 먼저 도발하는
바람에…
아, 예.
어련하시겠어?
어쩔거야?

뭘 어째?
거부하면 3개월
무급이라잖아.
기댈 데 없는
싱글인 나는 그 돈
못 받으면 사채
써야 돼.

너랑은 같이
못 하겠으니까
네가 빠져.
다른 멤버로
팀 짜서 다녀올
거야.

3개월간은
네 여친에게 빌붙어.
그 친구 능력
되니까.
내 목숨이
3개월 월급보다
중요하지만

빠지면 결국
내 돈이 네 계좌로
이체되는 꼴이야.
그건 못 참아.
네가 빠져.

닥쳐. 양심 있으면
꺼지라고.
이 일은…
내 거야.

……
그건…

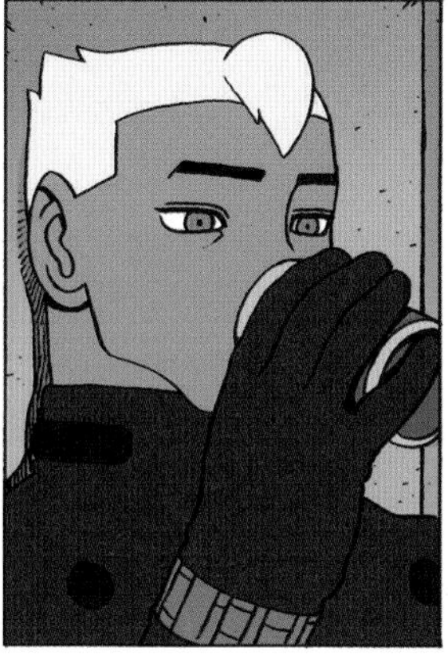

내가 할 소리…

그게 정말 가능하겠어?
이건 늑대굴의 사활이 걸린 문제야.

설사 종단의 동의를 얻어낸다 해도
말로만 하는 약속은 언제든 깨질 수 있어서…

전면전 이전에 종단의 화력이 우리와 합류하지 않으면 의미가 없어.
무엇보다 엘가와 맞서는 게 그들에게 어떤 이득일지…

내가 알기로는 종단 내 네 입지가…
화력을 빌릴 정도는 아닐 텐데…?

종단 주교의 혈육 정도는 돼야… 말해봐. 그들을 어떻게 설득할 건데?
우릴 돕는 대가로 어떤 보상을 줄 수 있는데?

언제는 우리에게
쉬운 일이 있었어?
부딪쳐서
얻어내야지!

뭐야, 너?
겨우 그런 상태로
꺼낸 얘기야?
난 또 뭔가
사전 작업이 있어서
꺼낸 말이라고…

그런 게
무슨 의미가 있어?
게다가
부딪쳐보지도 않고
안 되는 쪽으로
결론이야?

지레짐작이 아니라
냉정한 현실 인식이야.
네가 가진 변수는?
네 남친에게
우리 계획이 알려지지
않는다는 보장 있어?

그걸로 결정적인
순간에 일이 틀어지면
우린 몰살…
맙소사! 지금
그걸 말이라고?

잘 들어!
이건
우라노 인민들의
미래가 걸린
문제야!

나는 늑대굴
수장의 자격으로
이야길 꺼냈어!
반드시
데려올 테니까 너희는
전쟁 준비해!

……

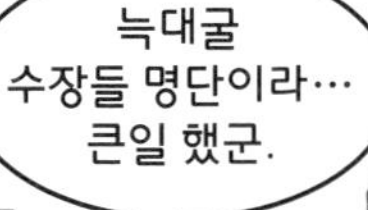
늑대굴
수장들 명단이라…
큰일 했군.

혼자 한 거야?

다이크놈과
같이했습니다.
당장
소탕 작전에
들어갈까요? 일단
수장들부터 잡아
들이면…

아니. 발등에
불이 떨어졌으니 바짝
긴장해 있을 거야.
차분하게
꼼꼼히 준비해서
때를 잡자고.

예, 그럼 일단 명단은
붉은늑대 형제들과 공유
하겠습니다.
그렇게 하고
자네와 다이크
두 사람 공로에 맞게
보너스는 별 5개로
하지.

가…
감사합니다.
내일 바로
입금될 거야.
수고했어.

사랑합니다.
아, 됐어!
탁

띠
리
리
!

발신자가…
틱
그래, 무슨
일인가?

저희 쪽에서
나간 수장들 명단은
지금쯤 전달
받으셨지요?
응, 그렇지 않아도
이제 막…

받으신 명단은
원본과는 차이가
있습니다.
차이? 어떤?

거기에
이 친구는 빠져
있지요?
……

……
응, 분명히
그렇군. 뭔데?

전에 말씀드린
붉은늑대, 늑대굴
커플…
아, 다이크의
여친… 이 친구도
수장이랬지?

명단에서 그녀를
발견하고는
원본과는 다른
복사본을…

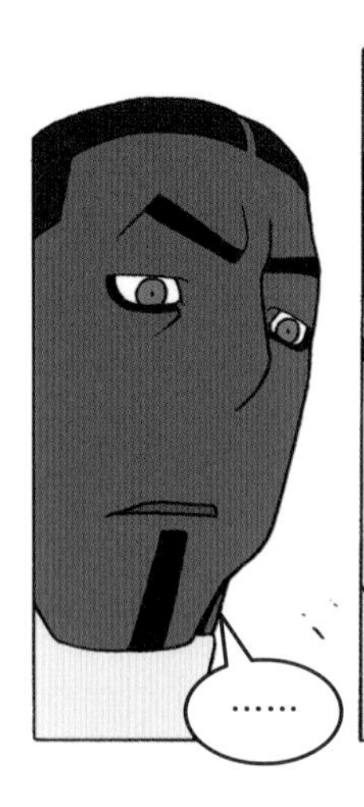
……

여자친구를
지키겠다? 늑대굴
수장 중 하나인
그녀를…?
……

명단 유출로
늑대굴이 발칵
뒤집혔겠군.
그래, 수장들 회의에선
어떤 대책이 나왔어?

우라노를 뜨자부터
평의회 특사까지…
뜻밖에도 지금
대세가 된 의견은

이 친구가
태모신교 종단에서
전투 쿼 화력을
빌려올 테니
정면으로 싸우자는
것입니다.

이판사판이란
거야?
다이크 여친은
어떤 배경이 있길래
종단에서 화력을
빌려?

아, 이런저런
의견 중 하나니 신경
쓰지 마십쇼.
평신도인 그녀가
할 수 있는 일은
아니니까요.

종단이 바보도
아니고…
엘가와 충돌해서
무슨 이득이 있다고
끼어들겠습니까?

그야…
그렇지.
그래, 종단을
움직이기엔 늑대굴은
너무 작아.

그래, 계속
수고해줘.
티딕
예, 그럼 이만…

그나저나
다이크 이놈 보게.
사사로운 감정 때문에
감히 형제들에게 넘기는
명단을 조작해?
심부름 마치고
돌아오는 대로…
넌 공개 처형이야.

응, 그건 그렇고…
그… 이름이 뭐랬지?
응?
하아켄의 딸
말이야.
가이린…?
가이린!
붉은늑대들이
데려오는 거지?
출발했나?
예, 실력 있는
친구들로 구성해서
이제 곧…
그래, 하아켄을
잡기 위한 미끼니까
조심히 다루고 무사히
데려오라고 해.
……
예, 아버님
생각하시는
그 마음…
분명히 전달
하겠습니다.
매머독의 무희라면…
그냥 거래하면
되는 거 아니었어?
이건 너무
번거롭잖아.
그나마 피로가 가장
덜한 방법이죠.
매머독에게
도움을 요청하는 순간,
골수까지 빼먹으려고
달려들 겁니다.
하긴…
그 인간…
띠리리
CALL
!
괜찮아.
난 신경 쓰지 말고
전화받아.

… 이상이
명단이 넘어온 이후
현재 늑대굴 수뇌부의
분위기입니다.
슥
그래, 예상 밖의
재미있는 반응이군.

계속 예의
주시하도록.
예, 또 보고
드리겠습니다.

……
틱
OFF

삼촌은
대체 왜 그런
피곤한 짓을
사서 해?
늑대굴인가 하는 건
이제 그만 치워버려.

붉은늑대에
늑대굴까지… 다른
사람한테 맡기는 것도
아니고…
당신
그렇게 한가한 사람
아니잖아?

저희에게 늑대굴은
엘가 반동 세력들을 모아
관리하는
일종의
통제 센터입니다.

엘가에 대항하는
놈들이 결국 수렴돼
모이는 곳이니까
늑대굴만 관리하면
내부의 골칫거리 인자들을
모두 통제하게 되죠.

붉은늑대와 늑대굴은
서로를 적으로 알고
싸우지만
실상 두 조직은
다른 모양새로 엘가를
지키고 있어요.

늑대굴 조직으로는
그들의 테러 활동을
이용해
우리에게
정치적으로 반기를 드는
귀족이나 반동 인사를
처리하고

붉은늑대로는
노예들의 전폭적인
지지를 받아
정치적 입지가
커지는 늑대굴 멤버들을
처리하는…

방금 보고받은
수장들 명단 유출 건도
여기에 해당됩니다.
치워야 할놈들이
몇 있어서요.

나도 알아.
괜찮은 전략이지.
그래서 삼촌이
늑대굴을 사들인다고
했을 때 가만있었던
거라고.

하지만 그 또한
이제는 너무 번거롭지
않냐는 거지.
원수 관계에 있는
두 조직의 배후라니…

괜찮습니다.
다만 이번 견제
조치의 경우…
예상 못 한
변수가 있었네요.

최근에 늑대굴
수장이 된 친구가 낸
의견이라는데…
태모신교 종단의
전투 쿼 화력을 빌린다는
신선한 발상입니다.

물론 그런 일은
일어날 수 없지만
긴장의 끈을 놓치지
않는 건 중요하니
종단에 연락해
그런 일 없도록 분명히
조치하겠습니다.

별 다섯…?

일대일 가르마가
확실하게 쏘는군.
이게 다 내 덕이니까
다녀와서 한턱 내.

아, 늑대굴 수장 명단
넘겼어? 팀장은 뭐래?
당장 공격한대?
아니, 때를 보겠대.

도련님이 백작님
염려하는 마음이 크다.
실수 없이 임무
완수해.
미끼 다치지 않게
조심하래. 지금 출발해.

잠시
한 통화만.
10초 넘기면
나 먼저 간다.

띠리리
CALL
!

임무 때문에
며칠 통화가 안 될 수도
있어.
다행히
우리 쪽에서 늑대굴을
당장 공격할 계획은
없다니까

종단에
도움을 요청해서
우라노를 벗어날
시간은 충분해.
그러니…
다이크!

네 마음만 받을게.
난 우라노에 남아서
엘가와 싸울 거야.
뭐?

너 미쳤어?
싸우다니? 그게 무슨
의민데?
날 쏘겠다고?
너 나한테 그럴 수
있어?
그러니까 제발
너야말로 피해.
붉은늑대
그만두고 당장
우라노에서 벗어나!
널 다치게 할 순
없어!
도대체… 그게
무슨 소리야?
넌… 날 사랑하지
않는 거야? 나보다
조직이 더 중요해?
맙소사…
난 널 위해
목숨 걸고 명단까지
조작했는데 어떻게
그런 얘길 하는
거야?
다이크, 내가
책임져야 할 사람들이
몇이나 되는 줄 알아?
아, 그러니까
그 사람들이 나보다
중요한 거냐고!
아놔,
이 멍청이가…
뭐가 어째?
너 누구야? 상냥한
내 여친 어딨어?
다이크, 이 떼쟁이!
이건 우리 두 사람의
문제가 아니잖아!
자유민이 아닌
우라노의 모든 인민들의
생사가 걸린 문제라고!
네 여친이 아니라
늑대굴 수장으로서
이 자리를 지켜야
한단 말이야!
아, 글쎄
네가 다치거나 죽으면
그게 무슨 의미냐고!
너흰 어차피
우리 상대가 안 돼.
그야말로
개죽음이란 말이야!
고집 그만 피워!

뭐? 너 지금
말 다 했어?
상대가
될지 안 될지는
붙어봐야 아는
문제야!
날 믿는 사람들을
배신하고 비굴하게
사느니 차라리 싸우다
죽을 거야!
그러니까
너야말로 고집 그만
부리고 당장 우라노를
떠나 있어!
%&$#@)!$! #@!!!
……
염병! 내가
10초라고 했지?
난 간다!
넌 걸어와!
빌어먹을!
다녀와서
얘기해! 빨리 끝내고
올 테니까!
젠장! 다치거나
죽지 말고 무사히
다녀와!
너야말로!

슈
슈
슉

매머독의 소굴…
구룡도다!
……

둥땅
둥따당

둥따당
둥따당

둥땅
둥따당

둥따당
둥따당

……

가이린 재는 참 꾸준해.

누가 뭐라건 말 건 자기 길을 가겠다는 저 태도…
죄송해요. 제 통제로는 한계가 있네요.

신기하지? 눈에 띄려고 저렇게까지 노력하는데
어쩜 지금까지 단 한 명의 귀족에게도 지명을 못 받는지…

당연하죠. 저 아인 춤에 재능이 없거든요.
외양과 재능, 모두를 중시하는 회장님 손님들한테 어필이 되겠어요?

저 아이가 제 안무를 저렇게 모욕할 때마다
당장 외행성 노예시장에 팔아 버렸으면… 한답니다.

오죽할까…
회장님도 참…
하아켄에게
그만큼 하셨으면
됐지.
어째서 이런
뒤치다꺼리까지
하시려는지…
이번에 오신
손님들에게 열심히
어필해서
내 꼭 저 아이가
지명받도록 할 테니
힘내요.
정 안 되면
덤으로라도 떠넘기지.
회장님 보시기에 이상
없도록 처리하고
그동안의 노고를
우리 운우지정으로
달랩시다.
춤 말고
손님들께 어필할
다른 재주는…?
그나마 율동이…
하긴… 우라노의
심미안들에게 지명을
못 받은 데는
그만한 이유가
있는 거지.
그럼 대체 쟤는
잘할 수 있는 게
뭐가 있담?
뭐…
잔머리 굴리기
정도가 아닐까요?
그마저도
다른 사람들 눈엔 훤히
읽힐 테지만…

웬 정장?
우라노의 온갖 잡놈들이 모이는 곳에?

구룡도 중앙까지 들어가려면 필수야.
전에 다른 일로 왔다가 드레스 코드 때문에 애 좀 먹었어.

여기서부터는 신분 확인이 필요한 구룡도 본토.

모두들 이곳에서 임무 맡기를 꺼리는 이유는 두 가지.
이잉

저게 그중 하나야. 게오르그 센서가 장착돼 있어서
일반인은 물론 퀑까지 다루지.

젠틀맨이라고 불리는 구룡도 경비봇.
착

내부에 잔뜩 있어. 저것들이 구룡도 경비 퀑들보다 더 짜증 나.
방금 우리 신원을 확인했을 거야.

신원이야
위장 신분이
있으니…
우리 소속만
들키지 않으면…

치이이잉
……

환영합니다.
자유민 두 분 손님,
미스터…
전신 스캔인가?
이건 지난번엔 없던
절차…

쿼인 두 분의
경우는…
주요 감시 대상이니
경거망동 하지 말라는
소리지?

방금 경비봇…
다루기가 그렇게
까다로워?
쿼 수갑처럼
작동돼서 아주
돌아버려.

게오르그 센서
감도가 유별나거든.
미세한 파장 변화까지
감지해.
쿼 기술을
무의식 중에 잠시만
떠올려도 바로…

하아켄 정도의
속도 쿼이 아닌 이상
여기에서 기술을
쓰는 건…
뭐야,
선배인 나보다
많이 아네. 저것들한테
당해봤어?

충견인 나는 언제든
몸을 던지잖아. 지난번에
저것들한테…
저기요…

저희
여기 처음인데…
일행 없으면
합류하실래요?

……
처음이긴.
딱 봐도 매머독의
성형 노예들…

야, 들리겠다.
그 정도는 나도
알거든?
자기 노예들을
전부 제 취향대로
전신 성형해
버리다니…

매머독에 비하면
우리 백작님은
참 양반이야.
그나저나 이 친구들
목적을 뻔히 안다지만

제안을
거절하기엔…
너무 귀엽다.
응? 같이
놀아요.

아, 우리…
커플!
이거 커플룩!

아…
실례, 즐거운
시간…

뭐야, 다른 방법은
없었냐?
저 친구들이랑
붙어 다니면서 네 지갑
닫아둘 자신 있어?

매머독의 사업장은
손님이 완전히 거덜 날
때까지 몰고
간다더니…
놈의 노예들이
쉴 새 없이 접근해서
주머니를 터는
거군.

들리는 소문에는
구룡도 실소유자가
패왕이라던데?
그럼 매머독은…?
바지 사장?

그 얘긴
처음 듣는데.
이게 선배의
정보력 퀄리티라는
거야. 깊이가
있잖아.

저기요.
아, 커플.
커플룩!

아, 가지 마. 임무만
아니라면…
그럼…
우리가 데려와야 할
가이린이라는 그 친구도
매머독의 성형 노예…?

성형시술이
제일 잘된 사람 중에서
무희들을 뽑는대.
진짜 변태라니까.
사람을 물건 취급하는
것도 유분수지.

여기 쿵놈들
엄청 거칠다고
들었는데…
주인놈
성품을 생각하니
이해가 돼.

젠장할!
무희들에게 접근이
가능하긴 해?
어쩌지? 이거
우리가 해낼 수
있는 일이야?

어쩌긴…
정면 돌파!
할 수 있는 일이
따로 있을지는 몰라도
해야 하는 일은 분명
우리 눈앞에 있어.

……
이… 이보게,
하즈?
혹시…
잠들었나?
그래, 내가
자네 입장이어도 같은
반응이었을 거야.
이해하네.
그러니까 내 말은
자네 심정을 공감
한다는 거야.
그럼에도
불구하고 염치없게…
정말이지 이번 한 번만
더 봐주게.
공급 물류에
차질이 생겨서 우리도
난처한 상황인 거
자네도 잘 알잖나?
같은 스승
밑에서 공부했던
동문으로서 이렇게
부탁하네.
이번이 진짜
마지막이야. 이번에도
갚지 못한다면…
그만하게.
응?
자넨 심부름하는
입장인걸. 정작 빌어야
할 사람은
다섯 번이나
돈을 빌리고도 이자
한 푼 내지 않은
자네 주인이지.
자네 얼굴을 봐서
마지막으로 요구한 돈을
빌려주겠네. 대신에…
대신에…?

이번 담보는
자네 주인의 목숨으로 하지.

……

이보게! 이건 너무하지 않은가!
그깟 돈 몇 푼 꺼내면서 사람 목숨이라니…?

그깟 돈 몇 푼? 이미 빌려 간 돈만 합해도
당겔 자작의 영지를 전부 사고도 남아.

자작님 소유 중에 지금 땅보다 가치 있는 건 목숨뿐이야.
발끈하긴! 자작님은 이번에도 갚지 않을 속셈인가?

누가 갚지 않겠대? 마지막 부탁이라고 했잖나! 그만큼 우린…
그럼 뭐가 문제야?

담보란 갚지 않을 때 효력이 생기는 건데 왜 흥분해?
그 정도 각오도 없이 또 돈을 빌리겠다고? 설마 외행성으로 튀려는 건 아니지?

조… 좋아. 주인께 그대로 전하지. 어떤 반응을 보이실지…
당겔 자작님께 덧붙이게.

담보를 선택하는 건 엘 백작님의 뜻이 아니라
살림살이를 맡은 집사인 나, 하즈의 고유 권한이라고.

자네, 도를 넘는군.
그래, 아쉬운 건 이쪽이니 더 이상 대꾸 않겠네. 이만 가지.

내 의사를 빠짐없이 전달해주시게.
아무렴!

탕

……

이제 슬슬 시동을 걸 때라 생각했는데 잘됐어.
당겔 자작… 그 멍청이가 모욕을 당했다고 여기저기 떠벌리겠지.

내 도발에 우라노 귀족들은 공분할 테고 이내 8우주 귀족 사회까지 소문이…
따돌림 당할수록 우리 엘가는 고산가의 시선에서 자유로워진다.

무엇보다 고산이 백경대를 다시 우리에게 파견할 빌미를 만들어야 해.
짊나이트 거래 수익의 단일 창구인 우리를 보호, 감시한다는 명목이 생기면

엘가의 성장 동력을 견제하는 주변 세력들의 방해를 저항 없이 물리칠 수 있다.
무엇보다 고산의 경계심이 누그러진 틈을 이용해 조용히 새 시장을 개척해 나가는 거야.

씩
씩

씩
씩

……
쟤들이 정말 치고받네.

이건… 관람객 명단이 알려지면
가끔 일어나는 분장실 진풍경…

지명받고 싶은 손님 눈에 더 잘 띄려는 자리다툼이다.
오늘 저렇게 쥐어뜯는 싸움이 난 건

마이두 후작의 방문 때문.
모두 그에게 고용되고 싶어 한다.

그를 선호하는 가장 큰 이유는 신변 안전의 보장.
다소 무뚝뚝하지만 안전하고 신의가 있는 사람으로

그의 극장에서 일하는 선배들은 약정대로
1년 후, 모두 자유민 신분을 얻었다. 후작의 재력 덕분에 가능한 일.

지명 조건인 자유민 신분 보장 약속은 무시되는 경우가 대부분이라
후작 눈앞에 서려는 경쟁이 과열될 수밖에.

노예라는 속박에서
벗어나게 해줄 해방자.
우린 그가 내미는
구원의 손길이 필요한
거야.

……

…같은 소리 하고
자빠졌네.
턱

구원? X랄 하지 마.
누가 누굴 구원해?
귀족?
자유민? 노예?
그게 조물주가 만들어
놓은 계급이야?

다짜고짜 쓰지도
않은 빚부터 떠안겨
놓고는
갚을 능력
없으니 노예라고? 너희
유전자엔 금이라도
박혀 있어?

돈 없고 힘 없다고
너희 마음대로 사람을
유린해도 돼?
왜 동의도 없이
내 몸을 개조했는데?
무슨 권리로?

내가 너희
소유물이야? 누가
허락했냐고?
내 몸은
내 거란 말이야,
이 개자식들아!

두고 봐!
너희가 만들어놓은
이 몸뚱어리로
너희가 날
대하는 방식
그대로
너희 귀족놈들
머리 위에 올라설 거야!
그 오만방자한 이마를 땅바닥에
처박게 만들 거라고!

뭐야, 두 사람…
왜 그래? 싸웠니?
너희 참
가지가지 한다.

자, 자! 모두
일어나 정렬해!
짝
짝
손님 오셨어!

저기 엎어져서
부들부들 떠는 애
누구니?
야, 가이린!

아, 왜?
벌떡

어머, 선생님.
난 또 누구라고…
저… 저 가증스런…
하여간 내 저걸…

모두 자기 자리에
똑바로 서!
공연 전에
여러분을 응원하시려고
귀한 손님이 오셨어.

들어오시면
성심을 다해 인사드려.
우리 공연예술을
지지하고 후원하시는
당겔 자작님!

안녕, 이쁜이들!
호호호…

뭐야, 또?
아, 진짜…
선생 미친 듯.

저 변태한테
얼마나 받았길래
또 분장실 공개야?
여긴 무희들 권리가
마지막까지 지켜지는
금단의 영역이라고!

저 인간은
지지하고 후원한다며
왜 여기까지
들어와서
정육점 고기 보듯
우릴 훑어보는 건데?

나도 퀑이었으면
좋았겠다. 저런 인간쯤
당장에…
오지 마! 오지 마!
이 불쾌한놈아! 멈춰!
멈추라고!

내 앞에 서지 말고
당장 꺼지란 말야!
아, 여기
있었구먼.

슥

슥

끄아아아…!
소름 끼쳐! 저 눈구녕을
손가락으로 콱…
안녕하세요,
자작님.

지난번 공연은
아주 인상적이었어.
그날은 급한
일정 때문에 가야 했지만
오늘은 널 꼭 데려갈
거야.

네?
춤에 재능이
없어도 행복할 기회는
있어야지. 내가 널
구원해주마.

똥 싸고 자빠졌네!
이런 데까지 기어들어 오는
파렴치한 주제에…
엿같은 개소리 말고
당장 꺼져! 나는 내가
구원해!

자작님, 그렇게
말씀해주셔서 많이
기뻐요.
어허허… 그래.
그래야지!

그런데…
이걸 어쩌죠?
응?
마이두 후작님이
먼저…

뭐? 언제?
그렇게 되었네요.

웃기지 마.
난 처음 듣는…
끼어들지 마,
이 뚜쟁이야! 난 쟤한테
지명받기 싫다고!

싫어! 싫다니까!
그렇게 좋으면 네가 가!
지지받고 후원받는
당신이 가! 당신이!
응? 응? 응?
……

뭐야, 선생…?
아, 제가
놓친 메시지가 있는지…
확인해보겠습니다.

됐어. 꺼져!
흐음…

스윽
너 설마…
나한테 지명받기
싫어서 수작 부리는 건
아니지?

저는 늘 자작님의
성원에 감사드리고
있답니다.
……
그게 무슨
소리야?

잘 들어. 나는
한다면 하는 사람.
꽤 집요하지.
만일 후작의 지명이
아니라면 넌 바로 내 거.
사실 여부는 끝까지
확인할 거야.

하여간 등신들이
꼭 약한 사람한테만
근성 있는 척해.
후작한텐 찍소리도
못 하는 게…

……

최악이네. 염병할!
하필 저런 인간 눈에
띄어서…
어쩐다…?
공연이 끝나고 나면
아주 귀찮아지겠어.

젠장, 어쩌긴
뭘 어째?
내가 한 말을 사실로
만들면 되잖아!

최고의 퍼포먼스로
마이두 후작의 지명을
받아낸다!
때가 왔어.
숨겨왔던 영혼의
몸짓으로 승부를
내자!

……

……

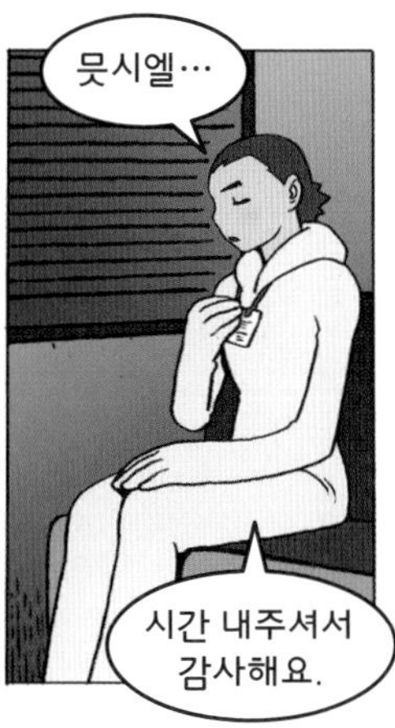
뭇시엘…
시간 내주셔서 감사해요.

뭇시엘.
별말씀을요, 아가씨.

이제 그만 자매라고 부르세요.
제가 어찌 감히…

어떤 도움이 필요하신가요?
늑대굴 수장들 명단이 엘가로 넘겨졌습니다.

저런… 제가 어떻게 도와야 겠습니까?
물리적 충돌에 대비해 저희와 함께할 전투 퀑 사제분들이 계실까요?

그렇게 되면…
종단이 엘가와 맞서는 꼴이 되는데… 현실적으로 어려운 문제입니다…

…만 얘기는 해봐야겠지요.
교구장을 만나겠습니다. 잠시만 기다려주십시오.

늘 감사해요. 뭇시엘.
선친께서 제게 베풀어주신 은혜에 비할 바 아닙니다.

그럴 리가요.
그건 당연한 저희의 도리죠.

우라노에서의 저희 교단 입지는
엘가의 지원 덕분입니다. 그러니 염려 마십시오.

후원자께 맞서는 어리석은 선택은 있을 수 없습니다.
그럼 그렇게 알고 있겠습니다. 감사합니다.

똑
똑
틱
!

뭔가?

어렵게… 요청드릴 일이 있습니다.

……

!

……?

……

그럼…
다른 방법이라도 없을까요?

예상대로 현실 이익에 급급한 반응입니다.
사제가 끼어들면 늑대굴의 배후가 돼 엘가와 충돌하는 꼴이라…

교적에서 파인 친구들이면 모를까…
네? 교적에서 파인 분들요? 그분들이라도 뵐 수 있을까요?

예? 종단이라는 배경이 필요한 거 아니었습니까?
최선책이 아니면 차선책이라도 알아 봐야죠.

돈이 안 되는 사람들 편에 섰다가 장로들에게 미움을 사 퇴출당한 친구들 입니다.
배신감에 믿음을 버리고 대부분 어두운 길로 돌아섰지요.

혹시 블랭크라는 무법 퀑 집단에 대해 들어보셨습니까?
8우주에서 가장 위험한 조직 중 하나인데 상당수가 거기에 속해 있답니다.

그들을 설득하기가 쉽지 않을 겁니다.
무엇보다 만나보겠다고 놈들 소굴로 들어가는 건 거의 자살 행위거든요.

캬…
목부터 축이는 건
좋은데 근무 중에
술이라니…
맥주 딱 한 잔이야.

긴장 상태로는
일 풀기가 어려우니
릴렉스…
저기요.

우리…
커플.
아…

미치겠네.
빨리 끝내고 따로 와야지.
이거야, 원…

저기요.
아, 커플이라고!

아, 네.
쿵 커플이시네요.
뭐?
이봐, 누가
앉으래?

뭐야,
게오르그 필터 안경…
같은 건가?
예, 맞습니다.
두 분께 행운을
나누고 싶어
잠시…

우라노
3대 카지노에 오셨으니
재미 좀 보셔야죠?
무슨
개수작이야?

이 글라스를
여러분께 팔려고요.
아시다시피
여긴 경비봇들 때문에
꼼짝 못 하잖아요.

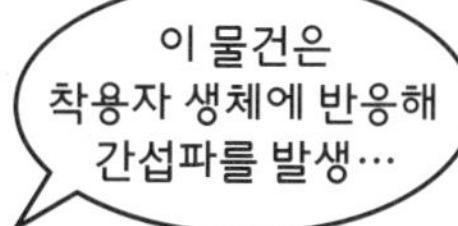
이 물건은
착용자 생체에 반응해
간섭파를 발생…

그로 인해
게오르그 파장값을
0으로 상쇄시켜
버린답니다.

저 친구와 저 역시
여러분과 같은 퀑인데요.
한번 보실까요?
여기 경비봇들의
반응 속도를…

츠…
!

팟
파바박

털썩

스윽

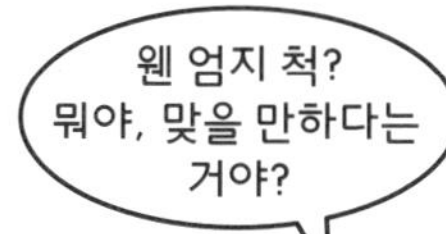
웬 엄지 척?
뭐야, 맞을 만하다는
거야?

특수 체질이라
충격에서 즉각 회복돼요.
따라 했다간 반나절
누워 있어야 합니다.
자, 그럼 이번엔…

츠

츠츠

둥실

!

……

어떻습니까?
이걸 쓰시고 어떻게든
특기를 활용해
카지노에서…
얼마…?

커플 할인가
380만 다트에
드릴게요.
미쳤군!
과해! 300!

1000만 다트 이상
따실 텐데…
찾는 분들 많으니
그럼 이만.

350! 더 이상은
안 돼.
젠장, 뭐야?
구매 결정하기도
전에 끝난 홍정!

우리한테
장난치는 거면…
저희한테는
신뢰가 생명이죠.
물론 말하지 않은
중요한 한 가지가 있긴 하죠.
큭큭큭…

또르르

캬…
예, 어렵지 않아요.
초대장 없어도
가서 볼 수 있죠.

어차피
무희들 얼굴까지 보이는
VIP 좌석 빼고는
대부분
현장에서 제공하는
서비스 화면으로…

그런데도
주말엔 입석표까지
매진입니다.
오늘은 평일이라
괜찮을 거예요.

아, 쿼들은
전용 관람 구역으로
안내됩니다.
전용 구역?

예, 아무래도
통제하려면
몰아놓는 게…
공연 시간은…
지금 출발하면
되겠네요.

대극장
이정표를 따라…
대극장
500 m

CASINO
안경 착용
금지
위락 단지를 지나
카지노 구역 입구에
들어서면…

아놔, 이 개자식…!
어이가 없네.
눈 뜨고
코 베인다는 게
이런 건가?

안경 착용
금지
여기 두고 가세요

이런 데서…
그것도 처음 보는
놈들한테. 젠장!
도대체 우리가
뭘 한 거지?
그것도 모자라
맥주까지 줬어. 염병!

틀림없다.
그것들도 구룡도
직원이야.
이것들이
짝짓기가 여의치
않으니까…

집요한
놈들이네.
정말 속옷까지
벗겨 먹을 셈.

대극장
100 m
대극장
10 m

아, 쿼 두 분은
이쪽으로…
아저씨, 조용히
얘기합시다. 우리 쿼인 거
온 8 우주가 알겠네.

……

끄응… 이건
무대랑 멀어도 너무
멀잖아.
또 당했다.
이게 돈 내고 관람할
거리냐…

와아아아아아…

무희들 등장이다.
멀어서 구분을 못 하겠어.
서비스 화면 켜봐.

근데…
이 무대에 오른다는
보장이…
무희들
출입 동선이라도
봐둬야지.

역시… 이 무대엔
안 오르나?
아, 여기!
구석에 있다!

목표물 확인!
예상보다 일찍
접근하긴 했는데…
어떻게 조용히
데려간다…?

내 순간이동
기술이 경비봇
센서보다 빠르지
않을까?
겸손은 반나절
엎어진 뒤 배울래?

공연이
끝나기 전까지는 방법을
찾아야 되는데…
둥
두둥
둥
두둥

시작됐다.
땅
둥

기회는
단 한 번뿐.
둥
땅
이 무대에서
내 모든 걸 쏟아낸다.

……
이것들이…
아예 경비봇으로
벽을 만들었네.

이건…
부당한 신분제에
맞서는
세련된
저항의 몸짓.

운 좋은 몇놈이
정해놓은 근거 없는
억압.
누구도
동의한 적 없어.

날 옥죄는
이 무의미한
굴레를
착
내 손으로
끊어버릴 거야!

뭐야, 저 친구…

저… 저것이
기필코 공연
무대에서…

저건… 그냥
안무가 틀린 게
아니라…
자기 춤을 추고
있어… 라고 말하기엔
그냥 멋대로 흔들고
있네.

나, 원…
참 애쓴다. 귀족한테
지명받겠다고…
픕
저러면
옆 동료들한테
안 미안한가?
푸흐흐흐…
파하하… 동작이
저게 뭐야?
하하하하…
크크크…
웃어라!
너희가 아무리 비웃어도
난 멈추지 않아!
어차피 이 몸짓은
너희에게 던지는 게
아니거든.
단 한 사람,
마이두 후작!
자유라는
꼭대기를 향한
내 첫 번째 계단!
날 봐라, 마이두!
넌 이제 내게서 시선을
떼지 못해!
춤이 끝난 뒤
넌 날 지명하게
된다!
뭔가
무대에서…
굉장한 일이
벌어지고 있어.
이 무대는 나를 위해
준비됐고
당신은 그런 내 공간에
초대됐지!
넌 날
선택할 수밖에
없어!
그건 당신이
결정할 일이 아니야!
왜냐하면…

탕

내가 널
선택했으니까!

내가 널…!

……

X발…

……

……

……

태어나서 지금까지…
최고 창피!

저 바보가 내가 준 기회를 차버렸어!
나의 첫 번째 계단이 되는 영광을 줬는데…

눈 돌리지 마, 이 자식아!
내 온 마음을 그런 시선으로 뭉개다니…

사람의 가치를 그 따위 설익은 안목으로 판단하는
네 오만함을 언젠가 똑같은 시선으로 뭉개줄 거야.

뭔가… 시도했는데 안 되니까
재빨리 제자리로 되돌아간다.

그나저나 귀찮게 됐네.
이제 변태 자작놈이 가만 안 있을 텐데…

괘씸한 것,
내 지명을 피해 후작 눈에
들려고…
마이두가
저런 의도된 연극성을
극도로 싫어한다는 것도
모르면서 말이야.

당장 서류
준비해줘. 공연
끝나는 대로
데려갈게.
아, 네네.

……
어때?
어떻게 하면
좋겠어?

경비봇
센서에서 벗어나야
뭐라도 할 텐데…
으응?
아…

경비봇이
작동하는 타이밍에
내 기술을 동시에
써볼게.
뭐? 어떻게?
어쩌려고?

흐흐흐…
선두에 있는 친구,
귀엽네.

어이, 이봐!
자넬 여기서 보네.
뭐야? 당신…
날 알아?

당연하지. 요즘
네 여자친구랑 만나고
있는 게 바로 나야.
뭐래?
난 싱글인데.

아, 쏘리! 잠시
사람을 착각…
이 방법 위험해.
그런다고 게오르그…
… 파장이
널을 뛸 거야.

뭐?

그래서?
나한테 무슨 소릴
듣고 싶은데?
미친놈아!
켁…
켁…!

파바박

맞았냐?
경비봇 충격파가 직접
전달은 안 될 거라며?
끄으응…
그러니까.

내 말 맞지?
게오르그 파장 흔들기엔
연인 얘기가 최고야.
경비봇 오기 전에
어서 이거 챙겨.

착

알겠습니다.
슥
아가씨의 뜻이
정 그러시다면…

그곳까지 안내할
수호사제 한 사람을
보내겠습니다.
이게 이번에 제가
해드릴 수 있는 전부네요.
죄송합니다.

딩동
딩동

테이 님, 계신가요?
부교구장님이 보내서
왔습니다.
아, 들어오세요.

안녕하세요.
처음 뵙겠습니다.
슥

무장 중이셨군요.
쌍권총…인가요?
슥
저는 제가 지켜야죠.
안내 잘 부탁드립니다.

총보다는
현금이 더 안전할
텐데…
돈 없는데…

……
네,
오가시는 길
안내만 맡은
루이라고
합니다.
제 역할의
한계를 꼭 기억해
주세요.

네?
네? 라니?
네! 여야지!
자작님이 네 돌발
퍼포먼스까지 마음에 드신
모양이야. 축하해.

짐 꾸릴 필요 없어.
지금 바로 자작님 배로
가면 돼.
이것들이
바로 밀고 들어오네.
어떡한다….?

네, 그럼 먼저
회장님께 인사드리고
올게요.
저런. 어쩌니?
출장 중이신데…

인사는 내가
대신 전할 테니
어서 가.
자작님 댁에서
지금처럼 즐겁게
잘 지내렴.

안 돼. 일단
자작에게 넘어가면
돌이킬 수 없다.
귀족 간의 약속이니
아무리 회장님이라도
그 이후엔…

응?
어디 가?
화장실
다녀오려고요.

얘, 화장실은…
후다닥

뭐 해?
도망친다!
재 잡아!

슈
슈
슈

우리한테 불량품을 판 건 아닌가 봐.
아니면 역시 내가 센서보다 빠르거나.

무대 뒷편인데 무희들은 어디…
!

저 친구… 맞지?
고맙게도 알아서 달려와주시네.

선글라스…
경비 쿵이다.
젠장, 어쩌지?

우리끼리 대화하는 척하다가 단숨에 붙잡아 순간이동.
O. K. !

화장실! 화장실!
급해!

응? 뭐야, 이 소란은…?

두드득

치잇! 방금 우린 뭘 한 거야?
슈슉
중절모부터 치워!

슈슉

슈슈슈슉
텅

!
슈슉

가이린… 맞죠?
안심해요. 다치게 하거나 해칠 의도 전혀 없어요.

안심하게 좀 비켜요!
우리랑 같이 갈 데가 있으니 잠시만…

아뇨. 이대로 당겔 자작의 배에 오를 순 없어요.
내가 선택한 분께 갈 거야.

당겔 자작…?
회장님을 직접 뵙고 이 상황을 말씀드릴 거예요. 그러니 비켜요!

이것들은…
아까 그 얼뜨기
같은데 어떻게
여기까지…
모두 A-3 구역으로
집결해. 난 먼저…

슈슉

여어, 손님들. 여긴
출입 통제 구역이야.
당신들 팬심이
도를 넘었…

도를 넘은 건
안경값!
퍽
입구에서
압수하는 걸 팔아?
이 도둑놈!

자, 일단
갑시다.
탁

싫어!
퍽

이봐, 거기 서!
자작한텐
안 가!

턱

놔! 이거
놓으라고!
회장님이 아시면
가만 계실 것 같아?
이것들아, 놔!

염병, 눈앞에서 놓쳤네.
지금 이것들이랑 붙으면 우리가 여기 온 걸 광고하는 꼴이 돼.
우르르
뭐야, 너희들…?
아, 무희들 팬클럽 회원!
일단 피하자.
그래, 자작…
슈슉
당겔 자작의 배를 찾아!

……

결국 도망치다가 잡혔다는 얘기네.
아니 그게…
이 앙큼한 것이 이젠 괘씸해지는걸.

더 이상의 매너는 필요 없다.
데려가는 동안 꼼짝 못 하게 고정액 탱크에 집어넣을 거야.

꽈르르륵

!

수고
많으셨습니다.
자작님은?
먼저 탑승해
계십니다.

벌써? 무슨
일이야?
무희를 하나
데려오는데 고분고분하지
않았던 모양입니다.

꽤 약이
오르신 것
같습니다.
……

꼼짝도 못 하겠어.
이 단단한 푸딩 같은
느낌…
간신히
숨 쉬는 것 말고는
몸이 박제된 것처럼
답답하고 불쾌해.

게다가
이 배 내부 소음과
사람들 대화가 너무
또렷이 들려.
이대로 가다간
머리가 터질 것 같아!
당장 내보내줘!

예…

뭐가 어쩌고 저째?
채무 담보로 내 목숨을
내놓으라고?
이… 이런 찢어 죽일…!

엘의 발바닥이나 핥는
불가촉천민놈이
감히 그깟 돈 몇 푼으로
귀족인 날 능욕해?

이것들이…
내가 다른 연줄이
없는 줄 알지?
됐어! 당장
다른 데 알아봐!

자작님, 심정은
이해됩니다만 이럴수록
차분한 판단이
필요합니다.
우라노를
지배하는 건 엘가의
독점 자본인데

외행성에까지
뻗쳐 있는 그 자산 규모는
쉽게 가늠이 안 될
정도예요.
……
뭐야, 엘가라는 데가
그렇게 부자야?

아, 제기랄!
또 그 소리! 남의 떡
큰 얘기 좀 그만해!

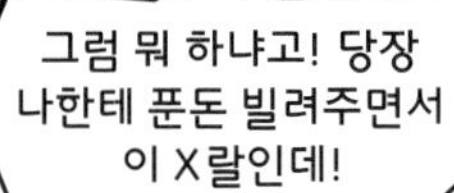
그럼 뭐 하냐고! 당장
나한테 푼돈 빌려주면서
이 X랄인데!

가이린이라는 무희는
잘 데려오셨지요?
!
그래, 대체
춤도 안 되는 무희로
뭘 하자고?

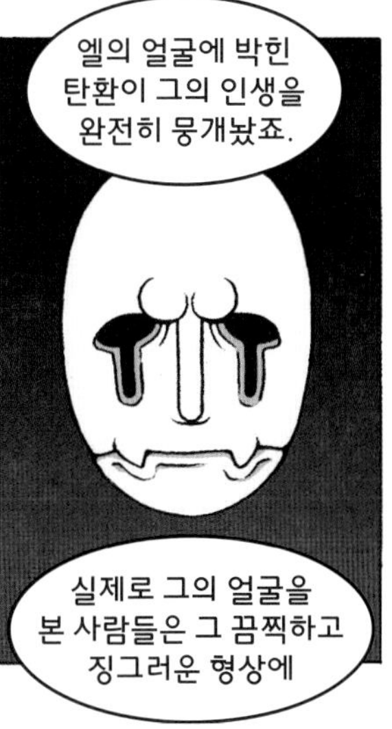
엘의 얼굴에 박힌
탄환이 그의 인생을
완전히 뭉개놨죠.
실제로 그의 얼굴을
본 사람들은 그 끔찍하고
징그러운 형상에

일주일은 밥을
못 먹었다고 합니다.
그의 곁에 사람이
없는 이유죠.
……

외과수술로는
그 탄환을 건드릴 수
없는데
안전하게
제거할 수 있는 건 그걸
박은 쿵뿐이래요.

하지만
놈이 몸을 숨겨
좀처럼 잡을 수가
없답니다.
엘가가 찾고 있는
그 쿵이 바로…

콱
끄륵…

가이린이라는
무희의 아버지,
하아켄이라는
자입니다!

……
털썩

……

제 자식의 목숨을
미끼로 한다면 반드시놈이 모습을
드러낼 거란 말이죠.
그러니
이참에 그 무희를 빌미로
오만한 엘가로부터 한몫 단단히
챙기려고요.

……
여긴…?

요즘은
일반 시장 안으로까지
블랙마켓들이 진출해
있어요.
보통 그런 데는
진열된 식료품들의 절반
이상이 유통기한을
넘긴 상태…

STORE

……

답장이 언제 올지
장담 못 해요.
연락처 남기고 돌아가
기다리세요.

여기서
기다릴게요. 옛 친구라
아마 곧…
……

블랭크들과 접촉이
처음이세요?
관계가 어떻든
그렇게 막연한 도움
요청에 답변이 온
경우는 없었어요.

드르륵

!

……

아, 뭐야? 채널 연결 시간… 1분을 주겠다니?
인사만 받겠다는 거야? 차라리 연결을 말든가…

테이 님, 돈 얘기가 분명하게 나오지 않으면
연결을 바로 끊을 겁니다.

그 인간들 신앙을 버린 뒤부터는 그 공백을 온통 욕망으로 채워요.
돈이 기본 전제가 돼야 말을 이어가는 수준입니다.

그렇다고 거짓말을 했다간 나중에 큰 변고를 겪게 되고요.
제게 말씀하신 내용만 가지고는 어렵습니다.

주어진 1분 안에 여기로 오게 만들어야
그나마 가능성이 있는데…

어떤 말로 그들이 행성 간 이동을 하게끔 만들 건지…
하실 수 있겠습니까?

……
이런 제안은 어떨까요?

끊어.
잠깐만! 잠깐만요!

사형, 이건 너무 하잖아!
이제 막 일에 대한 보상을 얘기하려는데…

아, 됐어! 어쨌든 일이 성공해야 지불하겠다는 거잖아!
우리가 왜? 뭐가 아쉬워서 그런 조건을 수용해야 하는데?

그리고 내가 왜 네 사형이야? 연 끊은 지가 언젠데?
아, 진짜 이러기요? 연결 시간도 1분밖에 안 주면서?

옛정 생각해서 바로 답변 준 거야. 그걸로도 감사하란 말이야!
지금 마녀한테 형제들이 몽땅 죽게 된 마당에 그럴 여유 없다고!

형제들이 몽땅 죽게 됐…?
마녀라니? 그게 누군데요?

신입 블랭크인데 무시무시한 하이퍼야. 말이 안 통해.
이름이 공자라는데…

제기랄!
어쩌다 그런 괴물과
시비가 붙게
됐는지…
……

됐다.
이런 얘길 왜
내가 댁들한테…
끊어!
잠깐만요!

그 괴물 하이퍼를
제가 설득해볼게요!
도와주세요!
뭔 개소리야?

틱
ㅋㅋ0
아…

……

죄송합니다.
별다른 도움이
못 돼서…
제가 연결할 수 있는
유일한 사제였는데…

부교구장님껜
잘 말씀 좀…
슈슉

어? 사형!
뭐야?
당신 뭔데?

당신이 뭐라고
그 하이퍼를 설득해?
말이나 걸 수 있을 것
같아? 말을 걸면?
나한테도 바로
거절당하는 주제에
뭘 어째? 어디서
건방지게…

거절당하다니요?
뭐?
어쨌든 지금 저 때문에 여기까지 오셨잖아요.

그렇지!
닥쳐! 억지 부리지 마! 쿵도 아닌 주제에 어떻게 괴물을 상대하겠다는 거야?

어차피 죽게 될 거라면 뭐라도 하는 게 낫지 않아요?
그러다 우리만 엿 되는 게 아니면? 우리 때문에…

아, 그게 무슨 상관이에요? 더 이상 사제도 아니면서?
당신들 죽고 나면 그게 무슨 의미가 있어? 이 우주가 어찌 되든 알 게 뭐야?

……

아, 근데 뭘 안다고 갑자기 끼어들어 자신감 만땅이야?
최소한 살 궁리 할 시간을 제가 약간 연장할 수는 있겠죠!

……

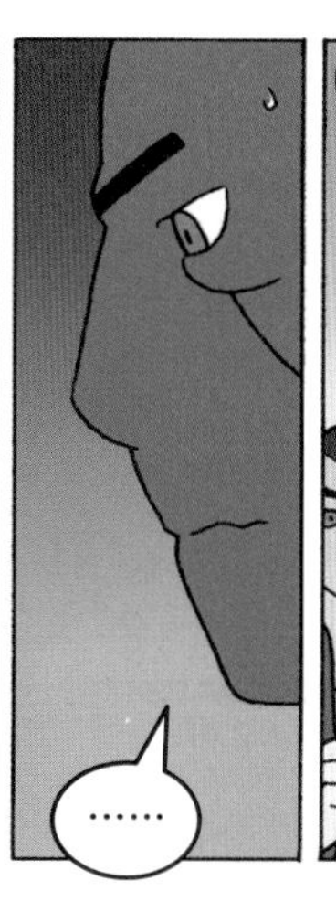
……

하! 어처구니가 없네. 좋아, 일단은 데려간다.
죽고 싶어 환장한 멍청이… 말릴 생각 전혀 없거든.

슈
슈
슉

그래, 수고
많았어.

포상은 따로
준비할게. 쉬도록.

고생했어.
잠시 별관 강당에
들를게.
살라이!
옛썰!

슈 슈 슉

아, 뭡니까? 뭘 또 이런
깜짝 파티까지…
그냥 사람 하나
데려오는 간단한
일이었다고요.

이 파티는
다이크를 위한 거야.
예?
체포해!

넌 늑대굴 수장들
명단을 조작했어!
이건 팀 전체를
배신하고 위협하는
1급 범법 행위야!
널 처형한다!

!

눈앞에
쿵 두 사람…
있었던 것
같은데…
난 언제 정신을
잃은 거야?

여긴…
당겔 자작의
거처겠지? 제기랄…

집 더럽게 크네.
귀족은 귀족인가 봐.
날 걸고
엘가에서 돈이나
꾸려는 주제에…

그나저나
엘가가 돈 좀 있다는
소문은 들었는데
우라노를
지배하는 수준이라니…
굉장하다.

아, 씨…
돈 없고 불쾌한
변태 말고…
엘가 같은 데로
갈 수 있었으면 얼마나
좋아.

……
!

아, 안 돼!
자작에 의해 엘가로
팔려 가면…
그건 최악이야!

날 볼모로 아버지를
찾겠다니…
내가 아버지한테
버림받은 지가 언젠데…
아무 소용 없어.

내가 인질로서
가치가 없다는 걸
곧 알게 될 테고…
그 이후엔
원수의 딸인 내게
보복하기 위해 무슨
짓을 할지…

귀족들에게
학대를 당하다 버려진
끔찍한 시신을 본 적
있어.
토할 것 같아.
이렇게 공포에 질려
사느니 차라리…

……

……

그래,
한 순간이야.
여기서
떨어지면…

으으으…
머리통 깨지고
척추는 부러지고
내장은 터져
죽겠지?

그래, 이렇게 사느니
엘가로 팔려 가기 전에
기회를 봐 도망치자.
적당히 자작의
비위를 맞추다가…

스으읍
!

아…

자작의 집사들인가?
이제 날
엘가로 팔아
넘기려고?

가이린 양, 정신이
드십니까?
엘가에 오신 걸
환영합니다.

……

네…?
엘…
엘가? 여기가
엘가라고요?

가이린 씨의
도움이 필요합니다.
모쪼록 잘
부탁드립니다.

털썩

뭔데?
끙
끙

응? 지금
뭐 하자고?
끙
끙
다짜고짜
이게 뭔데? 준다는
포상이 이거야?

와, 진짜 어이가 없네.
목숨 걸고 일한 대가가
이거야?
제 목숨 아니라고
말 참 간단하게 하네.
뭐? 처형?

그러게 명단엔
왜 손을 대? 미쳤어?
너 때문에
팀 전체가 위험할 수도
있단 말이야!

팀장, 이 개자식!
평소엔 동네 형처럼
대하라더니
처형이라면서
표정 하나 안 변해.
사이코패스…

하즈…!
그 양반이랑 직접
통화하게 해줘!
빡
어서!

야, 이 씨…
이게 미쳤나? 네가 뭔데
직통 연결이야?
당연히 미쳤지!
너라면 안 돌겠어?

내 입장이나
사정은 들어보지도
않고 어떻게 이럴 수가
있어?
최소한의 의리도
없냐? 당장 하즈
님한테 연결해!

안 하면
네 성적 취향을 여기서
죽기 전까지 떠벌릴
거야!
아놔, 이 미친…

팅
!

응? 자네는?
하즈 님,
억울합니다!

아, 뭐야?
시끄럽게…

쉬이잇!

탁
그래, 무슨
일인가?

그러니까…
하아켄 씨는 자신이
저지른 일을 수습하면
되는 겁니다.

다시 말하지만
이건 사사로운 보복을
위한 게 아니에요.
당신과 당신 아버지…
두 사람이 다치는 일은
없을 겁니다.

가이린 씨가
협조만 잘해준다면
서로에게
좋은 거죠.

거짓말!
목적을 위해선
수단과 방법을 가리지
않는 게 너희
방식이잖아.

날 납치한
것만 봐도 바로
알 수 있어.
정말 보복이 목적이
아니라면 구룡도에 와서
떳떳하게 날 지명했으면
될 일 아냐?

제 말…
아시겠죠?
……
아버지가 저지른 잘못이라면…
도대체 그걸 왜 나한테 물어? 그게 나랑 무슨 상관인데!

우선 저라도 대신 사과드려야 할 것 같아요.
내가 왜? 내가 왜? 사과는 내가 너희에게 받아야지! 지금 내게 필요한 건…

…약속! 날 해치지 않겠다는 너희의 약속!
형식적으로라도 받아내야 해. 그리고 그 답변은…

바지로 가릴 걸 얼굴에 달고 다니는 네가 아니라
네 아버지…

엘에게서 직접 듣겠다. 그게 가장 안전해.
그게 도리라고 생각합니다. 부디… 엘 백작님을 뵙고 직접 사죄드리고 싶어요.

흐음…
그런 일이 있었군. 솔직하게 얘기해줘 고맙네.
그럼에도 형식적인 조사는 필요해.
자네 말이 모두 사실이라면 최소한 이번 일로 처형당하는 일은 없을 걸세.
물론 거기에 상응하는 대가는 치러야 할 거야.
이견이 없다면 통화는 여기까지. 그럼…
틱
OFF
나랑 직통 연결이라니… 하긴 어지간히 급했겠지.
그래, 우리 붉은늑대 팀장이 책임감 있게 일 잘하고 있군.
그는 붉은늑대와 늑대굴…
두 조직의 배후가 같다는 걸 아직 모른다.
그건 팀장의 프락치인 늑대굴 수장 중 하나도 마찬가지.
두 조직 간의 긴장은 잘 유지되고 있어.
늑대굴 수장들에게 테러 지시를 내리는 그가
나와 도련님이란 사실을 안다면 모두 까무러치겠지.
우라노의 반동 세력까지 제어하는 견고한 전략…
우리에게 빈틈은 없다.

후우우우…

다행히
죽을 고비는
넘긴 것 같지만…
이제 테이가
위험해졌다. 염병할…
앞으로 어떡하지?

……
테이… 이 녀석은
지금 별일 없나?

으, 쫄려…
한 무더기네.

그러니까…
공자를 설득해보겠다는
얘기는
우릴 만나겠다고
그냥 던져봤다
이거군.

멍청이가
저런 어거지에 휘둘려서
바쁜 사람 불러낸
거야?
아, 뭐라도
해야 할 것 아뇨?
전멸을 예고한 시간은
점점 더 다가온다고.

그래, 속내가
훤히 보이지만
딱히
우리가 손해 볼 건
없을 것 같은데?

그게 무슨 소리야?
오늘 처음 본 양반한테
우리 운명을
맡기겠다고?

운명을 맡겨?
넌 뭘 들은 거냐?
우리가
살 궁리 하는 데
시간이라도 보태
보겠다잖아.

그러다 행여라도
소 뒷걸음치다 쥐 잡는
꼴로
공자의 마음을
바꾼다면 그 대가로
귀족 하나를 탈탈
털어달라는 거지.
물론 수고비는
후불…

아, 도대체 그 퀑을
어떻게 설득하겠다고?
응?
여러분들의
이야기가 필요합니다.
제게 들려주세요.

무슨 이야기?
여러분들은 한때
사제들이셨어요.

누가 뭐래도
빛나는 영혼을 가진
분들이에요.
그건 제 경험으로
알게 된 것이고요.

아무리 괴물 같은
인간이라도
틈은 반드시
있다고 믿습니다.

여러분 삶의 빛나던
순간들을 들려주세요.
그 빛으로
마음의 틈을 비집고
들어가겠습니다.

……

츠즈즈즈

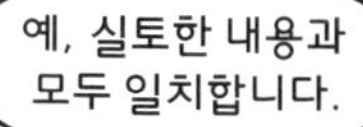

예, 실토한 내용과 모두 일치합니다.

다이크는 그녀가 늑대굴 수장이라는 사실을 전혀 몰랐네요.

……

명단 조작이 없었더라면 우린 네 사정에 귀기울이고 방법을 찾았을 거야.
그런데 넌 팀 전체를 위험에 빠뜨릴 수 있는 선택을 했어.

팀에 해가 되지 않을 방법을 찾고 있었어요.
그걸 왜 네가 판단해? 네가 팀장이야? 너한텐 너밖에 없는 거지.

생사를 같이하는 동지들이 어찌 되든 말든 상관없다는 거잖아.
제 여친 혼자서는 붉은늑대들에게 어떤 위협도 안 됩니다.

어쩌다 떠밀려 수장이 됐을 뿐이에요.
순진하고 여린 친구라고요.

까득

늑대굴 조직은
너보다 나이가 많아.
지금까지
건재하다는 게
무슨 의미인지 모르겠어?
수장은 아무나 하는 줄
알아?

이번
네 개수작으로
가장 위험해진 건
다름 아닌
네가 그렇게
지키고 싶어 한
네 여친이야.

원본 파일이 다시
공유되면서 누가 가장
선명하게 기억
됐겠어?
다른 늑대굴 수장들은
다 잊어도 네 여친 얼굴은
모두에게 각인됐을걸.

이참에
늑대굴 소탕이라도
시작돼봐.
누가 제일 먼저
타깃이 되겠는가…?

뭐? 순수하고
여려?
……

그래, 얼마나
그런지는 조만간 내가
직접 판단할게.
!

이 자식…!
벌떡

빠악

명단 이름 하나
지운 행위로 처형이라니
너무한다고?
내가 엘가에서
책임지고 있는 사람들이
몇이나 될 것 같아?

그들의 가족까지
생각하면 만여 명이
넘어.
방치한 작은 균열은
대재앙의 원인이 돼.

너 하나 치우고
만여 명이 안전하다면
난 주저하지 않아.
하즈 님이
이번 일로 널 처형하진
말라고 하셨을 때

어떤 빌미로
널 치워야 할지
생각했어.
내 눈에 조금이라도
어긋나면 넌 끝장이라는
얘기야.

앞으로 대외적인 활동은
모두 금지한다.
붉은늑대 핫라인
빼고 모든 통신 라인도
정지.

그런 조건에서
네가 엘가의 은혜에
보답할 수 있는
일이…
당장은 생각이
안 나더군.

급한 대로
인질로 잡고 있는
하아켄의 딸…
24시간
경호를 맡아.
백작님의 치료가
무사히 끝날 때까지
임무는 계속된다.

일을 소홀히 하거나
내 귀에 거슬리는 또 다른
문제를 일으키면…
이걸 기억해.
너와 네 여친 두 사람의 생사가
나한테 달려 있다는 걸.

……

날 직접
만나겠다고?
예,
자기 아버지를
대신해 사죄드리고
싶다는데…

아무래도
우리 보복이 두려운
모양입니다.
의연한 척하지만
겁에 잔뜩 질려 있어요.

그래, 단지 안전만을
생각할 게 아니야.
이건 기회다!

고칠 수 없는
흉칙한 몰골…
그로 인해
고독한 엄청난 부자.
어느 날 외로움에 지친
그에게 나타난

신비한 여인…
그를 그녀 앞에
무릎 꿇린 건 그녀의
외적인 아름다움만이
아니라

그런 몰골까지
안아주는 그녀의
따스함.
감동한 그는
더 이상 그녀 아버지의
죄를 묻지 않고

자기 재산의 일부를
그녀에게 바친다.

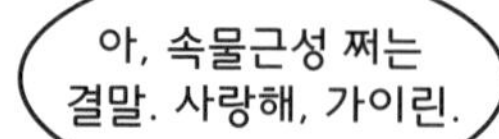
아, 속물근성 쩌는
결말. 사랑해, 가이린.

그래, 이번 기회에
백작의 마음을 확실하게
붙잡아서

귀족놈들
머리 위에 서는
기반으로 삼는
거야.

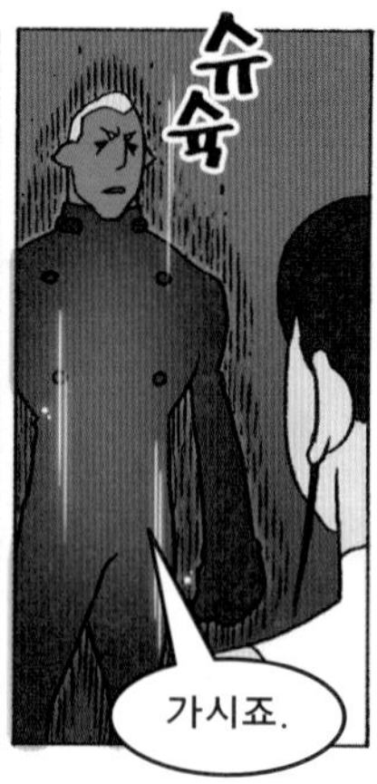
슈
슉
가시죠.

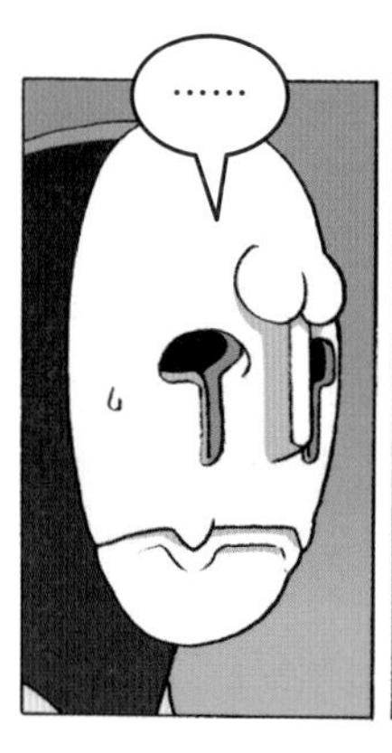
……

아, 씨…
뭐… 뭐야? 왜 이렇게
떨려…?
침착해! 무대
위에서도 차분하게
별짓 다 했잖아!

그러니까…
마스크를 벗은
내 얼굴을 직접
보고 싶다고…?
가이린 양,
그게 무슨 의미가
있는지…?

네, 아버지가
백작님께 어떤 상처를
남겼는지
그래서 어떤
고통을 겪으셨을지
간접적으로나마
알 수 있다면

백작님께 좀 더
제대로 사죄드릴 수
있을 것 같아서요.
어려운 부탁은
아니지만 괜찮겠어요?
많이 놀랄 텐데…

경고했습니다.
책임 못 져요.
슥

……
어때요?
보고 견딜 수
있겠어요?

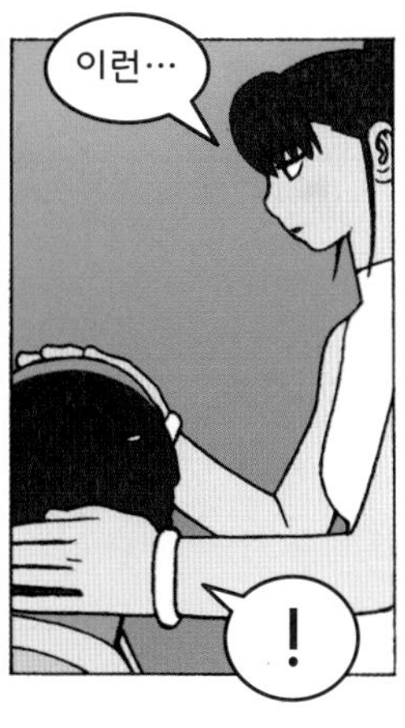
이런…
!

……

아…

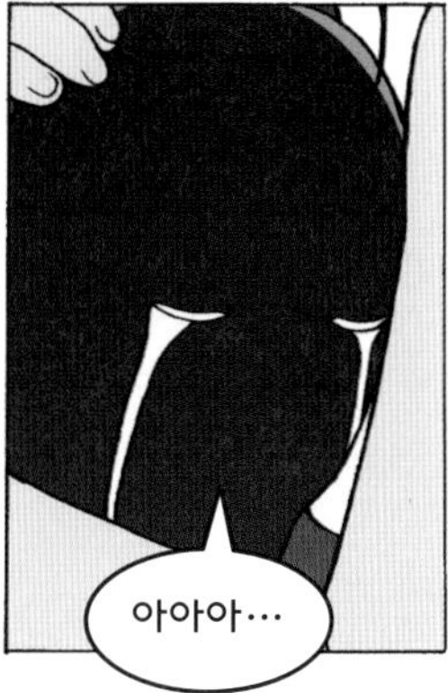
아아아…

그래, 눈 딱 감고
잠시 안아주면 끝나는
일이야!
아무렴…
흉칙하다지만 그래봐야
뭐 얼마나 심하겠어?

일어나!
앞으로 걸어가!
이 위기 상황을
절호의 기회로 만들자고!
충분히 할 수 있어!

경고했습니다.
책임 못 져요.
그래, 까봐!
좀 보자! 뭐 얼마나
대단하길래 그렇게
요란해?

지금까지
두 번 다시 생각하고
싶지도 않은 별별
일들을 다 겪으며
지내왔어.
그런 일들에 비하면
이건 단지 눈으로 보고
그대로 끌어안기만
하면 되는…

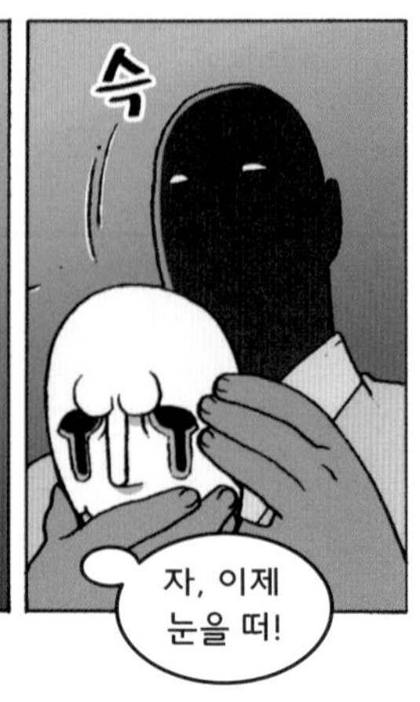
슥
자, 이제
눈을 떠!

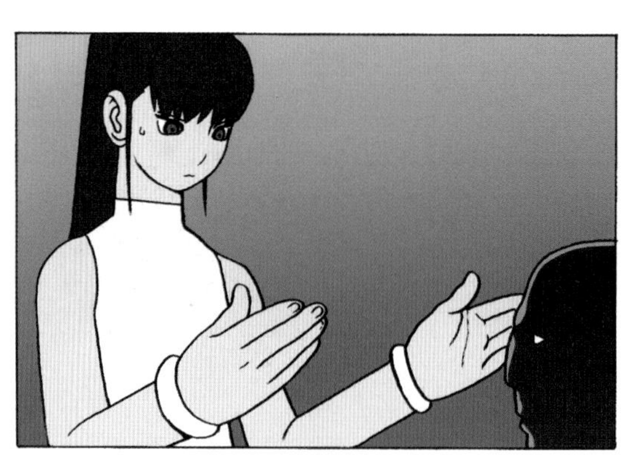

……

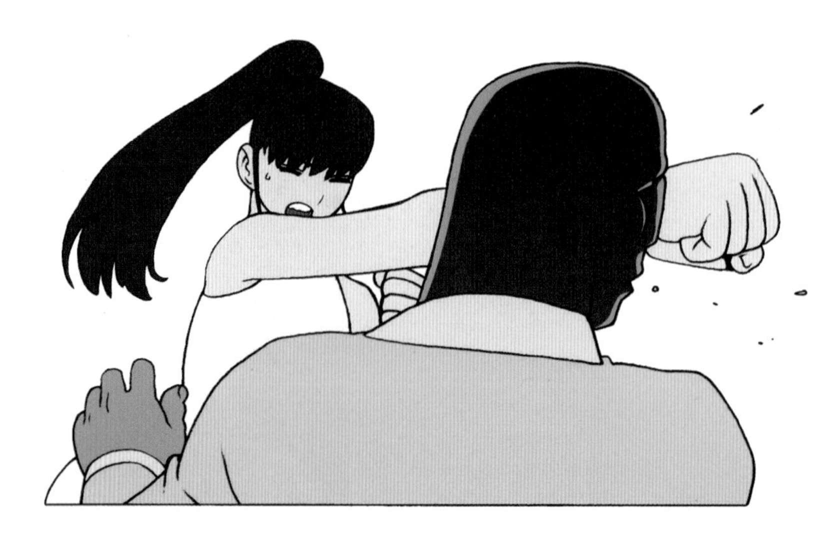

그래서…
신앙을
버리게 됐지.

먼저 얘기한 사제들과
비슷한 이유요.
아…

다시 꺼내기 힘든
경험이었을 텐데…
말씀해주셔서
고맙습니다.

네, 여기까지
할게요.
귀한 이야기
들려주신 분들 모두
감사드려요.

이거야, 원…
우리 지금 대체 뭘
하는 거야?
뭘 하긴? 수명
연장을 위해 애쓰고
있잖아.

후우우우…

전 앞으로
어떻게 될까요?
네?
계획하신 대로
진행되는 거
아닌가요?

아뇨.
즉흥적으로
무작정 덤비고
있어요.
그분들
얘길 듣고 있자니
제 경솔함이 너무
부끄러워요.

별말씀을요.
큰일 하시는
거잖아요.
사제님,
그 공자라는 쿵…
만날 때까지 함께
해주실 거죠?

말씀드렸습니다.
제 임무는 단순한
길 안내로
블랭크 사제들이
알려준 입구까지가
제 역할입니다.

대신 지금 당장
태모님께 가호의 기도
올리겠습니다.
……

쿵들이
두려워하는
쿵이라니…
갑자기
너무 무섭다.

대화를 나눌
최소한의 인성도
없으면 어쩌지?
어쩌면
말을 꺼내기도
전에… 아니, 근처에
다다르기도 전에
목숨을…

……

다이크…
CALL
목소리
듣고 싶어.

……
OFF line

……
OFF
LiNE

빌어먹을!

비밀계정
회선까지 전부
차단됐어.

끄응…
테이…
안고 싶어
미치겠다.

슈슉

털썩

툭

아, 네가
이 사람 경호
맡지?
응? 어…
그래.

수고.
야, 저기…

……
뭐야, 뭔 일이
있었길래 저렇게
넋이 나갔어?

뭘 봐?
아, 뭘 보냐고?
이 빙다리핫바지
같은 X끼야!

아, 뭐야?
다짜고짜…
뭐?
빙다리핫바지
같은 X끼?

!

뭐… 뭐야?
독심술 퀑이야?
내 생각이
들려?
뭐래?
생각이 들리다니? 그렇게
큰 소리로 얘기하면서?

큰 소리?
내 입모양을
보라고!

……
뭐야, 당신?
복화술…?

꺄아아아…
발가벗겨진 것보다
더 창피해! 퀑이 일반인한테
이래도 되는 거야?

이 변태! 나가!
나가라고!
어딜 나가?
오늘부터 당신 경호가
내 일인데!

나는 내가 지켜!
꺼지라고!
복화술이
아니라면… 이게 대체
무슨 일이야?

!
탁

아, 언젠가 엉클이
얘기해줬던…
퀑의 기술 능력치가
최고 단계에 이르면 다른
능력이 발현된다는

이른바
하이퍼 전이?
…일 리가 없지.
난 아직 기체도 치환
못 하는 수준인데.

나도 모르게
너무 놀라 백작 얼굴로
주먹이 나가버렸어.
바보 같으니.
그런 일생일대의
기회를…

하지만
다시 대면해도
마찬가지일 것
같아.
으으으…
너무 징그러.

……

대응 빠르다.
바로 저런 켱놈을
경호원으로
붙이다니…
이제 날 정신적으로
압박할 셈인가?

도대체 뭐야?
어째서
저 친구 생각이
들리는 거냐고?

……
닥터를…

괜찮아.
이 정도에
뭘…
……

푸
파하하하하하…
푸

……

이거야, 원…
그래, 간만에
큰 웃음 주네.

이 맹랑한
계집을 보게.
이래저래
마음에 드는걸.
어디 한번…

하아아…
거의 다 온 것 같은데…

턱

아…
여기가 사형들이 말한 입구…

……

약속대로 전 여기까지…
일 보시고 귀환하실 때 미리 연락주시면 다시 모시겠습니다.

귀환… 할 수 있게 기도 부탁 드려요.
뭇시엘.

뭇시엘…
……

맙소사, 전부 그 공자라는 쿵에게 당한 사람들이라니…
역시 대화조차 안 되는 게 아닐까?

이제 와서 되돌아갈 수도 없고…
그래, 살아 숨 쉬는 동안 그저 최선을 다할 뿐.

으윽…
첨벙

차분하게 한 걸음씩, 정면 위만 보고 가자.
시신들이야. 내게 어떤 해도 주지 않아.

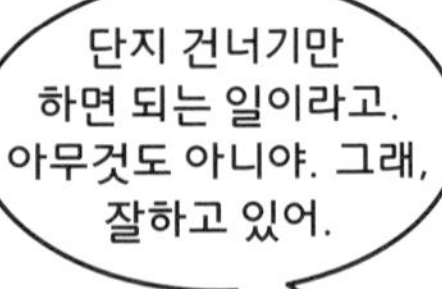
단지 건너기만 하면 되는 일이라고. 아무것도 아니야. 그래, 잘하고 있어.

차분하게…

크윽! 냄새… 견디기 힘들어. 토할 것 같아.
태모님, 저를 굽어살피소서.

!
젠장, 깊어. 발이 땅에 안 닿아. 그럼…

꾸르륵
이건…

이건 단지 건너는 일이야.
놀랄 일도 무서운 일도 전혀 아니라고.

탓

뿌리다! 됐어! 이제 이것만 잡고 앞으로…

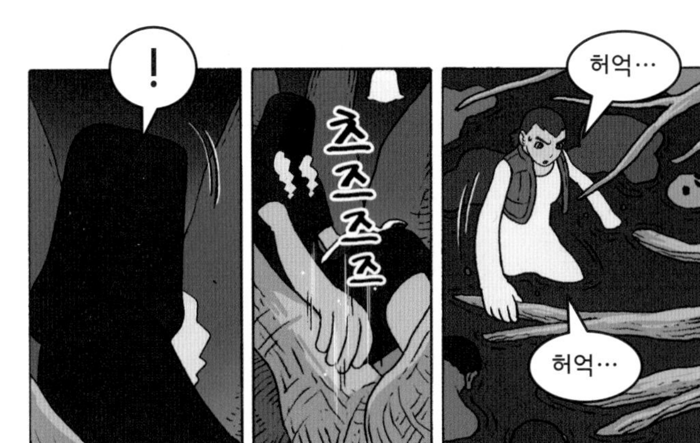
!
츠즈즈즈
허억…
허억…

차르르

우아아앗…!
좌악
크으윽!
!
!
츠즈즈
슥
스윽

총기…
목적이 뻔하군.
그럼
거기에 맞게
목을 분리해주마.
잘 가라.

차르르
크허억…!

태…
태모시여…
여기까지가
당신의 뜻이라면…

하지만…
숨통이 끊어지기 전까지
간절히 원하옵나이다. 제발
제게 기회를…

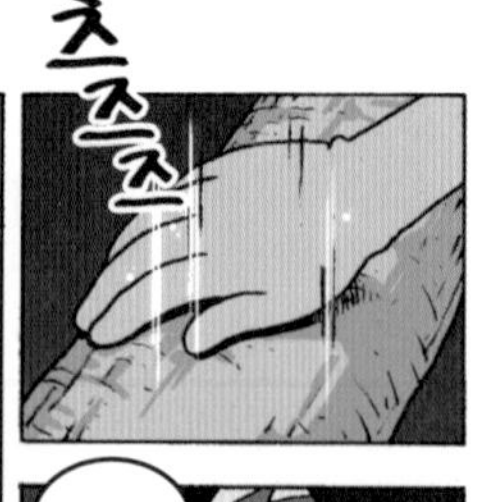
츠츠츠

……

시끄러. 대체
뭐라고 중얼대는
거야?

슈슈슈

허으으윽…

……
쿵은
아니네.

털썩

사보이…
라기엔 무장이
너무 허술해.
길 잃은
일반인이
여기까지
들어올 리는
없고…

커허억…
콜록
콜록

!

너 뭐야?
호… 혹시 공자님을 아시나요?

직접 뵙고 드릴 말씀이 있어 찾아왔습니다.
그분을 아신다면…

……

지금 속말 하고 있는 거죠?
아, 네. 요구하신 대로…

역시… 다른 사람 건 안 들려.
도시락 맛있게 드세요.

거짓말!
아까 그건 순간적인 감정 전이라고나 할까…

아, 내 마음도 몰라 답답한 마당에 댁을 어떻게 압니까?
그리고 당신 마음 알아서 뭐 하게요? 난 내 일만으로도 벅차요.

……
그래, 속마음
안 들린다고 하는 게
경호하기에 훨씬
수월하겠어.
진짜로 내 마음이
안 들린다는 거죠?
네, 그렇습니다.
좋아요, 그럼…
야, 이 X놈의
X끼야! 너 같은 건
%$&@#+&%*! ! #$%
&^@%$#! *#! ! ! !
%@$! &^$(!)@
%%@&&^$#(*! +%$#$
그러니까 꺼져,
이 개X야!

……

그럼 즐거운
식사 시간…
어? 정말…?

……

염병할…!
지금 이게
무슨 꼴인데!

그러니까…
그만! 충분히 들었어.

네가 찾는 공자가 바로 나야.
예…?

설마 했는데 이렇게 말끔한 이미지라니…
다행이다. 내 사연에 공감해줄 것 같은 느낌…

네 입장 공감 못 해.
아, 네…

우선 동기가 불순해. 누가 준 자격이야?
본인이 우라노 노예들의 구원자야?

그 친구들한테 동의는 얻었어?
……

그들을 돕는다고? 너같이 얘기하는 인간들 마음의 바닥이
노예를 부리는 인간들과 맞닿아 있다는 걸 알고는 있나?

자유민인 넌 단지 귀족들의 삶이 부럽고 배 아플 뿐이야.
노예 해방이라는 명분으로 자기 바닥을 가리는 거라고.

자기 욕망을 드러낼 용기와 배짱이 없거든.
그랬다간 같은 속물들에게 비난과 따돌림을 당할 테니까.

내 말을
부정하고 싶어?
츠츠츠
넌 정의롭고
옳은 일에 희생하는
사람이니까?

그걸
단 한 번도
의심한 적
없지?
불쌍한 노예들
충동질해서 얻고자
하는 게 뭔지

네 속 바닥까지
가본 적 있어?
치익
다 똑같은
것들이야. 입장만
다를 뿐.

한심한
사제 출신놈들…
휘
휘
자기가
뭘 하는지도 모르는
순진한 신자 목숨을
담보로

생존 기간이
얼마나 더 연장되길
기대한 거람?
틱
틱
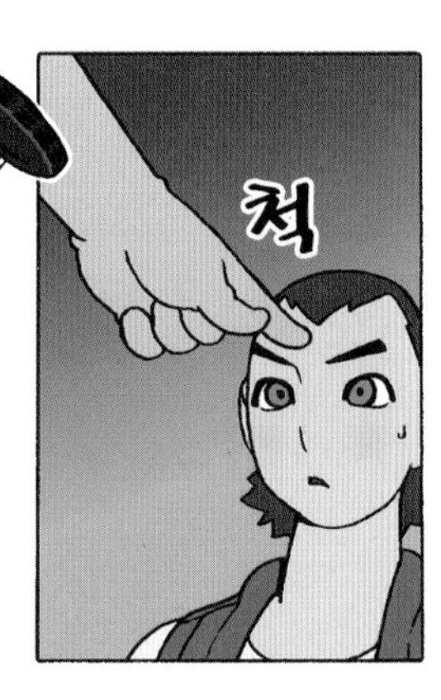
척

근거 없는 우월감과
자기 확신으로 가득 찬
이 겁 없는 이마…
이걸 뚫어버리는 데
얼마나 걸릴까?

치익
……

응? 몇 초?

……

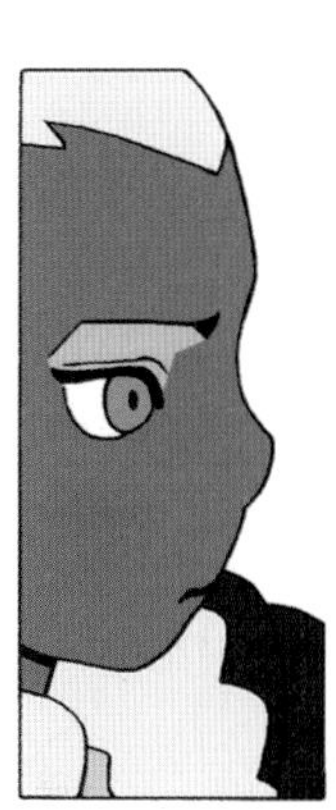

제… 기랄!

……

깝죽거리지
말고 돌아가.
옷부터 갈아입고.

털썩

블랭크들에게
가서 전해.
죽어 누울 자리나
잘 살피라고. 쓸데없는
짓으로 시간 낭비
말고.

야! 거기 서!
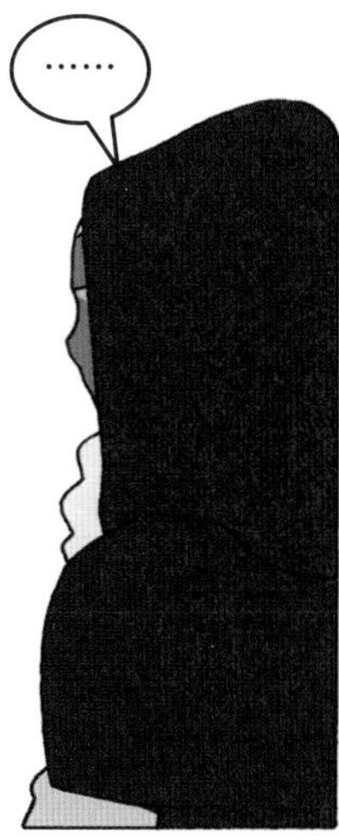
……

넌 방금 내가 베푼
생존 기회를 네 발로
차버린 거야.
이마 대!

누가…
벌떡

휘청
털썩
……

누가… 귀족들 안 부럽대?
부러워! 그렇게 살고 싶다고!

나도! 너도! 그래서 우리도!
그렇게 다 같이 잘살면 좋겠다고!

분명히! 계산기 두들겨 보면 함께 잘 사는 거 충분히 가능한데
다 처먹지도 못할 거, 뒈질 때 가져가지도 못할 거

그거 안 뺏기겠다고 먼저 짓밟는놈들 이란 말야!
그래서 그것들과 싸우려는 거야!

동의를 얻었냐고?
물에 빠져 죽어가는 사람 동의 구하고 건져야 돼?

그럼 귀족놈들은 우리한테 동의를 구하고 짓밟는 거야?
힘 좀 가졌다고 사람 능멸하는 당신은?

당신 밑바닥은 얼마나 달라서?
약한 사람 뭉개는 건 귀족놈들과 똑같잖아!

남의 어려운 사정
내 알 바 아니라는
태도로
현실에서 발버둥 치는
사람들한테 뜬구름 잡는
소리나 해대면서…

척

죽어!

염병할…!
여기까지로군.

겨우 이런 데서…

빵!

털썩

……

빵!

허엇…!

……

벌벌 떨면서도 할 말은 다 하네.
너같이 목숨 걸고 달려드는 인간 제일 짜증 나.

하긴 그 사제놈들이 내게 친 사기라는 거…
블랭크 입문하는 통과의례라고 생각하면 될 일이긴 해.

알았어. 가서 그것들에게 전해.
살려줄 테니 두 번 다시 내 눈에 띄지 말라고.

잠시 누워. 이마의 상처 치료해줄게.
가… 감사합니다. 정말 고마워요. 이렇게…

츠즈즈즈즈

잘 들어.
지금 치료와 동시에
기억 읽기 방지 기술을
쓰고 있어.
지금부터 하는
얘기는놈들이 읽지
못해.

분명히 말하지만
사제 블랭크놈들은
모두 내 손에
죽는다.
놈들이
내 목숨보다 소중한
기록들을 전부
태워버렸어.

그 패거리들 중
단 한놈도 살려둘 수
없다.
8우주 끝까지
추적해서라도 반드시
없앨 거야.

놈들에게 돌아가
네 기억을 읽게 해.
그리고 약속한 대로
그들을 이용해 네 목적을
달성하고.

물론 그 일이 끝나면
내가 나설 거야.
단 한 번에
쓸어버리기에 적절한
타이밍…

네 일은 간단해.
놈들이 널 돕고 나서
내게 죽게 된다는
사실… 모른 척하고
있으면 돼.

이게 어려움에 처한
낯선 이에게 베풀 수 있는
나의 최대 관용이다.
스승님의 유언이
없었다면 네 목은 이미
날아갔을 거야.

알겠지? 그것들한테
절대 얘기하면 안 돼.
그랬다간 너희 조직도 함께
쓸어버린다.
어차피 내게
죽을놈들이니 실컷
이용해먹도록.

예!

하아켄의 딸이
우리에게 있으니
늑대굴 수장들
소탕 작전을 시작하지.

……
여기 즉결처형
대상에서 빠진
인물들은…?

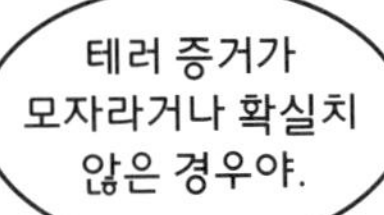

테러 증거가
모자라거나 확실치
않은 경우야.
그냥 이참에
눈에 띄는 싹까지
모조리…

그건 안 될 말.
싹까지 건드리면
점조직화돼 정말
골치 아파.
무엇보다 우라노
자유민 보호 규정을
어기면

우리 입장을
대변해주고 있는 우라노
대표 위원의
평의회 내
입지가 흔들려.

쓸 만한
꼭두각시 하나 만들려면
많은 시간과 돈이
든다고.
내 말 알겠지?
시작해. 건투를 비네.

네, 하즈 님.
하신 말씀
잘 알겠습니다.

…만 현장에서
직접 뛰는 저희와는
위험을 느끼는
감각의 차이가
있네요.

싹일 때 쳐내지 않으면 큰 낭패를 보는 경우가 있습니다.
제 판단엔 이 친구가 그런데요.

엉뚱하게 태모신교 종단의 힘을 빌리려고 했죠.
코웃음 치고 넘어갈 만한 이런 발상이

나중에 재앙이 된 경험이 몇 번 있거든요.
그래서…

팅

즉결 심판 대상에 포함시키겠습니다.
이 정도 권한은 제게도 있으니까…

……

오, 이런…

그래, 늑대굴 초비상 사태야. 당장 전 대원들에게…
놈들의 수색 목적은 역시…?

응, 자네들이 타깃이네.
어서 최대한 행성 곳곳으로 뿔뿔이 흩어지도록!

테러 행위에
직접 참여한 경우는
현장에서 즉결
처형이래.
치이잇…!
오늘 전달 메시지는
여기까지. 모두 서둘러.
그럼 이만…

당장
전 조직원들에게
이 사실을 알려!
제기랄!
드디어…

틱

여기저기…
우리 삼촌 바쁘네,
바빠.

늑대굴 소탕과 동시에
우라노 전역에
하아켄의 딸이
여기 있다는 걸
알리겠다고?

예, 추격전 범위를
최대한 넓혀서
하루라도 빨리
하아켄에게 그 소식이
닿게 해야죠.

문제는 매머독…
그 귀찮은 인간은 어떻게
하려고?
자기 무희를
우리가 납치한 걸
알게 되면 껌딱지처럼
붙어 우릴 뜯어
먹으려 들 거야.

그분의 일처리 방식대로
대응하겠습니다.
부디
다른 패거리들을 모아
엘가와 맞서고 싶은 기분이
들길 바랍니다.

간혹 말이야.
삼촌의 놀라운 업적에 대해서 늘 존경심이 있지만
어떤 때는 목적에 비해 수단이 지나친 건 아닌가 하는 걱정이 있어.

의도는 알겠지만 어떤 변수가 더해져서…
도련님 염려는 충분히 공감합니다만

변수가 생기는 건 사전 준비가 꼼꼼하지 않았다는 것이겠죠.
엘가의 인공위성들이 매일 꼼꼼히 우라노의 정황을 살피고 있잖습니까?

그래, 알았어. 늘 그랬던 것처럼 잘해낼 거라 믿어.
그건 그렇고… 그 가이린이란 친구 말이야.

예…?

……

후우
루드치 비히.
후우
제스, 라이즈보.

어느 행성 언어야?
영화 같은 데서
들어본 것 같은데…

들리는 소리로
종합해보면…
……

아…
8우주 귀족들끼리만
쓴다는 쿠란어…

노예 신분에
이런 언어를 공부
한다는 건…
역시 귀족들을
상대해야 하기
때문이겠지.

운동하면서
어학 연습이라니…
시간 참 알차게
쓰네.
스쿼트에 플랭크…

케겔운동까지…
일종의 감금 상태인데
혼자 있으면서도
뭔가 쉬지 않고
종일 하고 있어. 솔직히…
멋있다.

후욱
후욱
후욱
……
무대 위 그녀의
엉뚱한 퍼포먼스가 기억나.
모두들
무안해하며 비웃었지만
난 그럴 수 없었어.

누가 보더라도
춤에 재능은 없지만
그 귀족의 지목을
얻기 위해 정말 최선을
다하고 있다고
느꼈거든.

후욱
후욱

주어진
조건 안에서
어떻게든
목표를 위해 최선을
다하는 타입의
인간…

후우우…
!

저거 저거 눈 봐라, 눈…
경호를 빌미로 아주
대놓고 감상하고 있네.
변태 ㅅㄲ…

아, 이봐! 당신…
내 시선은 그런 거
아니거든!

뭐야, 역시
남의 생각을 들을 수
있는 거잖아!
이 변태 쿵…!

그냥
들리는 걸 어떡해?
왜 내 귀에 당신 생각만
들리는지
이 현상이
뭘 의미하는지 나도
모르겠다고! 이러다
정말 정들겠어!

……

기가 막혀…
응?
정이 들어? 감상도 모자라 이젠 들이대겠다?
뭐요? 들이대? 아, 누가? 언제…
젠장할! 붙잡아야 할 귀족들 마음은 전부 놓치고
쓸데없는 변태만 달라붙네.
쓸데없는? 아놔, 노예 주제에 지금 누구한테…
노예 주제? 아저씨, 나 엘가 노예 아니거든?
당신한테 하대받을 이유 없으니 예의 좀 지켜요.
사돈 남 말하네. 그럼 당신은? 지금 나한테 실컷…
그거야 남의 생각 훔쳐 듣는 당신 잘못이지. 속으로 무슨 말을 못 해?
에휴, 관두자. 듣든지 말든지… 어차피 엘가와는 끝난 상태.
그래서 막가자는 거요?
나 샤워하는 것까지 지켜볼 거예요?
아, 됐거든요! 관심 없어!
훔쳐보다 걸리면 저주할 거야.
탁
누굴 치한으로 몰아? 사람 뭘로 보고…
……
……
응…?

뭐야, 왜 비누만 있고 샴푸는 없어?
샴푸…
샴푸…
샴푸…
샴푸…
샴푸…
샴푸…
아, 쫑알쫑알 시끄럽게…
샴푸 없으면 그냥 비누 써요!
습관이 돼서 비누만으로는…
샴푸 좀 갖다줘요.
퍽이나!
난 쓸데없는 변태라 그런 서비스 몰라.
뭐야, 원래 개인 소모품은 당신한테 요청하는 거잖아요!
뭐예요? 삐져가지고… 쫑알쫑알 시끄럽다니?
!
……
그래…
시끄럽다 이거지? 좋아, 어디 그럼…
!
샴푸…
샴푸…
샴푸…
샴푸…
샴푸…
샴푸…
샴푸…
샴푸…
샴푸…
샴푸…

아, 시끄러!
그만 둬!
뭔가 세뇌
당하는 것 같잖아!
기분 나빠! 정신
사납다고!
그럼 샴푸 가져와!
샴푸 가져와!
샴푸…
샴푸…
샴푸…
샴푸…
샴푸…
샴푸…
샴푸…
샴푸…
샴푸…
끄륵…!
저 인간이 진짜…
고마워요.
상냥하네요.
닥쳐요!
그딴 인사 받고
싶지 않아!
염병할!
어째 이거…
뭔가에 단단히
걸린 느낌.
어쩐지 이거…
노예를 하나
얻은 기분.
닥쳐!
누가 누구 노예야?
그딴 거
꿈도 꾸지 마!

무사하셨군요.
다행입니다.
하아
하아
만나셨어요?
얘기는 잘됐습니까?
뭐라던가요?

하아…
하아아…
가서…
얘기할게요.
아, 죄송…

역시…
그럴 순 없어.

우리가 필요하다고
죽게 될 거라는
사실을 숨기고 그들을
이용할 수는…

무엇보다 한때
사제였던 선한 분들이야.
교리를
따랐다가 블랭크로
전락한 사연들…

그걸 생각한다면
그분들께 내가 그럴 순
없는 거야.
그래, 솔직하게
전부 얘기하자. 어서
피하시라고…

!

잠시만…
말씀 듣기 전에…

……

저기…

우와앗! 공자를 설득했어!
뭐?

우릴 살려준대! 이 자매가 해냈어!
아, 사제님. 그게…

사실 전혀 기대하지 않았어요. 그런데…
덥석
감사합니다. 정말 고마워요.

우리 생명의 은인이세요.
정말 감사해요.
사… 사제님들께 드릴 말씀 있어요.

네, 뭐든 말씀하십쇼! 들을게요!
디리리
CALL
!

잠시만…
CALL
네, 차분히 통화하세요.

뭐?

이전과는 달라. 사전 경고도 없이 습격이 시작됐어.
늑대굴의 뿌리를 뽑을 기세야.

수장 중 벌써 2명이나
붉은늑대들에게 당했다.
당장 화력 보충이
필요한데…
어때? 거기 일은…?
계획대로…?

물론이지.
난 처음부터 자매님이
해낼 줄 알았어.
여기까지 두 발로
찾아오는 적극성을
보란 말야.

……
OFF

……

우려하던 상황이다.
화력 지원이 급해.
아까 같은
여유는 없다. 다시
판단해야 돼.

나한테 저들을
충분히 이용하라고 한 건
시간 이야기.
공자라는 퀑이
블랭크 사제들을 치기까지는
아직 여유가 있어.

그래, 다른 대안을
찾을 때까지만 저분들에게
도움을 받고
공자가 오기 전에
대피시키면 해결되는
간단한 문제야.

사제님들…
엘가의 폭압으로부터
저희 늑대굴을 지키는 걸
도와주세요. 당장…

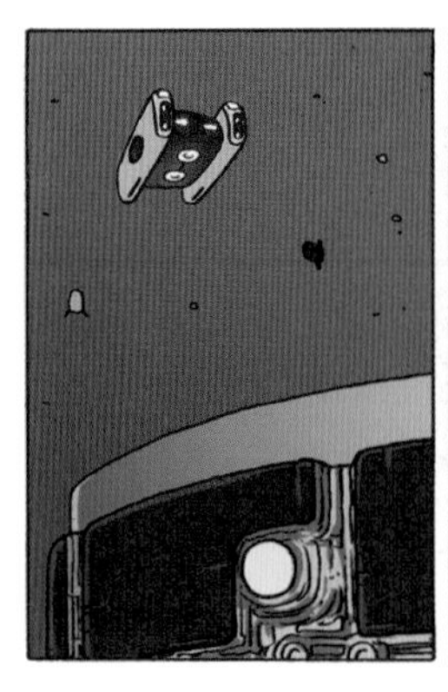

수고하셨습니다,
회장님!

그러니까…
당겔 자작이 지목한 가이린 양을 엘가에서 납치한 것입니다.

그것도 모자라 그 아이를 자기들이 데리고 있다고 사방팔방 떠들고 있습니다.
이건 대놓고 회장님을 모독하는 겁니다.

도대체 우릴 얼마나 우습게 알길래…
그만.

……
이상하군. 내 기질을 누구보다도 잘 아는놈들인데…

심지어 그 때문에
우리랑 잘 어울리지도
않는 것들이
갑자기
왜 이런 도발을?
우리 화력의 우위도
잘 알면서…

최근 엘가의
주목할 동향이 있나?
지금 대대적인
늑대굴 소탕 작전이
시작됐답니다.

스윽
그럼
분명히 하즈가
계산이 있는 거야.

자기 입지를
불리하게 만들어서
뭘 얻으려는
걸까?
……

내가 부재중에
일어난 일이었으니
이렇게 하지.
우선
자네 자작님께
전하게.

가이린을 지목한 건
무효야.
예?
돈 갚을 방법을
고민 중인 빚쟁이에게
우리 아이를 보낼 순
없어.

회장님, 그건 좀
지나치신…
천만에.
능력도 안 되면서
우리 무희를 넘보는
자작의 심보가
지나친 거야.

엘가에서
받은 모욕을 어떻게
갚을지부터 생각
해야지?
집사는
당장놈들에게
통보해.

가이린을 데리러
내가 직접 방문하겠다고.
설마 엘놈이
쓸데없는 미련을 되새김질
하려는 건 아니겠지…?

Off line

역시 이상해.
이럴 리가 없는데.
OFF line
내게 메시지 하나
남기지 않고 불통이라니
뭔가 일이 생긴 거야.

나 때문에
늑대굴 소탕에서
제외된 걸까?
그나마 그럼 다행이지.
행여라도 다치거나…

젠장! 걱정돼 미치겠네.
사제들이 도착하기 전에
통화돼야 하는데…
뭔가 연락할 수 있는
방법이…

……
!

터 엉

얌전히 굴어. 너희
팀장의 행방을 찾고 있는
거니까.
끄으윽…
기억 읽기 거부하면
바로 죽는다.

띠리리리
!

……

뭐야? 스크린 터치에 오류라도 생겼어?
다이크 전번이 내 거랑 붙어 있는 모양인데… 꽤나 악취미네.

미안… 염치없는 부탁이 있어서…
부탁? 살려달라고? 그건 내 권한 밖이야. 할 수 있어도 그건 안 돼.

다이크… 한테 무슨 일이 생긴 거야?
오, 맙소사! 지금 그걸 나한테 물어?

낯짝 참 두껍네. 넌 최소한의 양심도 없냐?
너 뭔가 크게 착각하고 있는 모양인데

난 네 전남친이 아니라 타깃이었어.
네 목적을 위한 수단이었다고!

네 남친이 그렇게 궁금하면 당장 네가 어딨는지 얘기해.
너희는 진짜 사랑이니까 네 목숨을 담보로 할 만한 가치는 있을 거 아냐?

……

미… 미안… 정말 미안해, 살라이.
다이크에게 이 말을 전해줘.
이번 사태가 무사히 끝난다면… 내년에 같이 가기로 했던 그곳에서 보자고.

이런 미친…!
아, 글쎄 그런 얘길 왜 나한테 하냐고!
내가 그렇게 개호구로 보여? 그딴 거 내가 알 게 뭐야!

뚝
OFF

으아아아… 열받아!
이런 개떡 같은! 날 뭐로 보고…!

그 자식 기억 다 잃었어?
응? 응.

뭘 봐, 어딜 쳐다봐?
퍽
퍽
퍽
우습냐? 내가 만만해 보여?

꼴도 보기 싫은 이 역겨운 벌레들!
퍽
퍽
퍽
죽어! 전부 다 죽어버려!

……

……

이런 상황… 예상했던 적이 있었어.
그땐 분명히 어떻게 대처할 거라고 생각했었는데…

모르겠어.
지금은 뭘 어떻게
해야 할지…

……

동지들이
죽어간다.
시간이 없어.
당장 해야 할
일부터…

다이크와 내가
정말 인연이라면…
우리 사이에
태모님의 가호가 있다면
다시 만나게 될 거야.

테이 자매!

우리가 어디까지
도울까요?

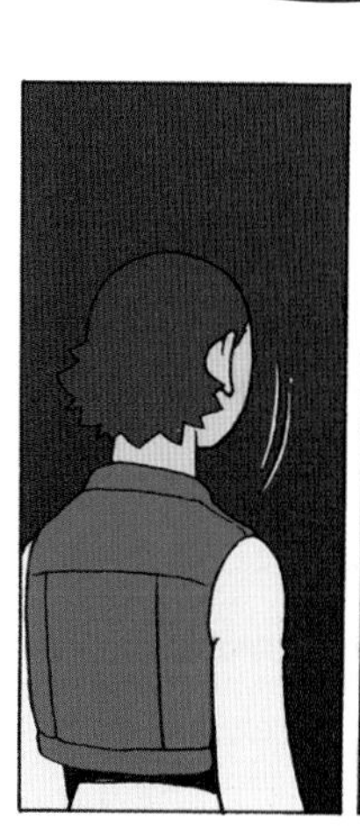

……

엘 백작을 무릎 꿇릴 때까지
함께해주세요, 사제님들!
지금 당장 우라노로!

……
테이는…
별일 없으려나?
연락이 안 돼서 걱정
많을 텐데…

후우우…
!

여기서 얼마나
있게 될까?

엘가는 날
아버지를 유인하는
미끼로 쓰고 난 뒤
어쩔 셈이지?

백작을 때렸으니
내게 뭔가 앙갚음을
하겠지…?
!

백작을 때려?
엘 백작을…?

……

혈육이라는 거
참 엿같다.
태어나 지금까지
아버지를 만난 건 손에
꼽을 정도야.

그나마 가장
오래 마주한 건
양육 포기 각서를
쓸 때였는데…
……
그런 아버지를
위해 내가 미끼라니…
말이 되나?
너무 부당해.
딸 자식이 아버지를
잡는 데 아무런 쓸모가
없다는 걸
엘가에서 곧
알아차릴 텐데…
그럼 난 어떻게
되는 거지?
엘가의 노예로
더러운 일들을 겪으며
살게 될까?
행여라도
이곳에서 무사히
나간다면…?
어디로 가야 돼?
다시 그 변태
자작한테…?
……
……
염병, 배고파.
따뜻한 라면…
…같은
소리 하네. 누구
들으라고?
내가 라면
셔틀이냐?
……
내일도…
하루 종일…
무섭겠지?

통통통
!

……

……

후르릅

커허어…
좋다.
이 양반
아저씨 반응이네.

남의 생각 엿듣는 건
최악이지만
이런 경우
꽤 쓸 만하다 할 것이다.

쓸 만하다니? 그런 거
꿈도 꾸지 마!
별빛 좋네.
이 라면
내가 먹고 싶어서
가져온 거거든!

……
이거…
귀족 커뮤니티에서
엘가에 대한 불만과
분노가
연일
터져 나오고 있군.
당겔 자작이
여기저기 부지런히
자신이 당한 모욕을
떠들어대고
있습니다.
기대 이상으로
잘해주고 있네요.
……
이게 지금…
잘되고 있는 건지
걱정이 앞서는군.
우라노
소패왕의 성장을
시기하는 패거리의
공허한 메아리
입니다.
모쪼록
끝까지 믿고 지켜봐
주십쇼, 어르신.
아무렴. 자네 없이
지금의 내가 어떻게
있을 수 있나?
원색적인 비난을
받고 있는 하즈가 걱정될
뿐이야.
아, 그래. 매머독이
가이린 양을 찾으러
직접 오겠다고?
이때다 싶은
모양입니다.
그 다혈질이
어떤 도발을 할지…
그냥
적당한 액수로
합의를 보는 게 낫지
않을까?

하아켄만을 노리는 거였다면
애초에 가이리린 양을 납치할 필요도 없었죠.
지금 우리에게 필요한 건 고산가의 반응입니다.
우리에 대한 경계가 풀릴 만한 소란…
그래서 그들이 개입한다면 더할 나위 없겠지요.
당겔 자작이 폭음탄이라면 매머독은 수류탄입니다.
……
끄응… 이런 방법밖엔 없는 거야?
……
이번 일이 끝나고 나면 가이리린 양은 어떻게 할 거야?
그건… 하아켄을 잡고 난 뒤 생각해보려고요.
……
저기 말이지…
가이리린 양이 거절하지 않는다면 이후에 후견인이 되고 싶은데…
드라마의 클리셰처럼 돌발 행동에 호감이라도 생긴 겁니까?
글쎄… 하긴 한 대 얻어맞고 나니까 정신이 번쩍 들긴 했어.

결국 하아켄을
선택했던 아슬린…
그녀가 다른
분위기로 환생한 것
같은 기분이 들어.
어떤 인연으로
맺어질지는
모르겠으나
가능하다면
얼마 동안만이라도
가이린 양을 곁에
두고 싶어.
……
그건 그렇고…
그 가이린이라는
친구 말이야.
잠시 내 곁에
둘까 하는데 어떻게
생각해?
뭐, 겸사겸사…
아버지 일이 제일
우선이고
그다음엔
개인적인 호기심이
좀 생겨서…
안 돼.
곤란해.
이러다 부자지간이
연적이라도 되는 날엔…
평생의 공든 탑을 이런 일로
무너뜨릴 순 없지. 일이 마무리되면
사고사로 위장해
가이린을…
치워버려야겠어.

타다다다

바짝 뒤쫓고 있으니까 우리한테 맡겨!
즉결 처형 대상이야.

늑대굴 쿵 수장 중 하나.
놈이 쓰는 기술은 확인했지?

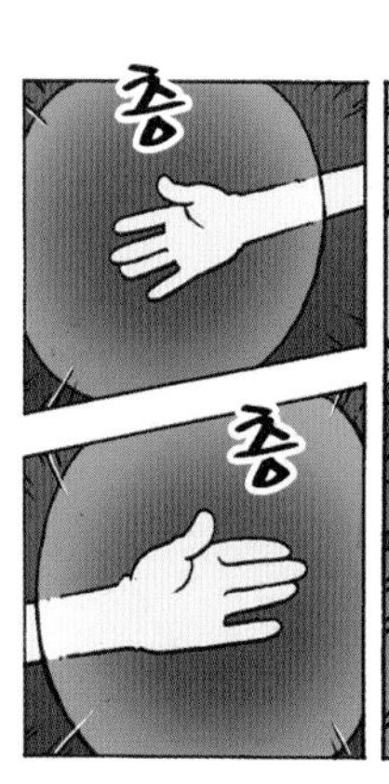
총
총

총총
총총

……

저기다!
그래, 어서 쫓아와!

거기 서!
!

잠깐!
고글 쓰고 확인해봐.

……
뭐야?

이게 놈이 쓴다는…?
어디…

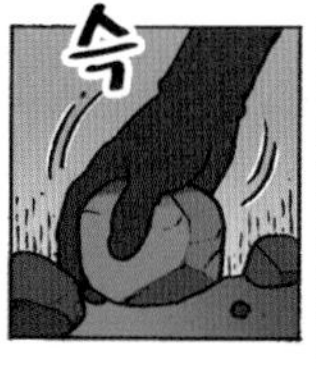
슥

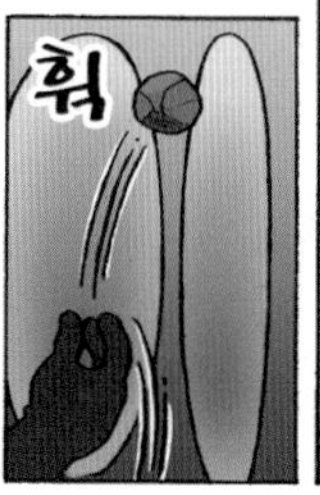
휙

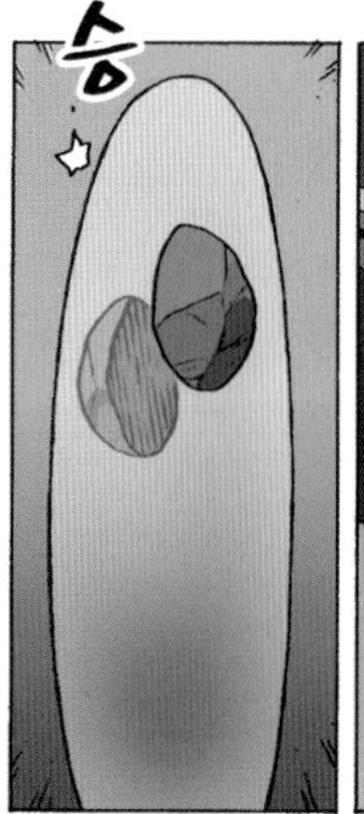
승

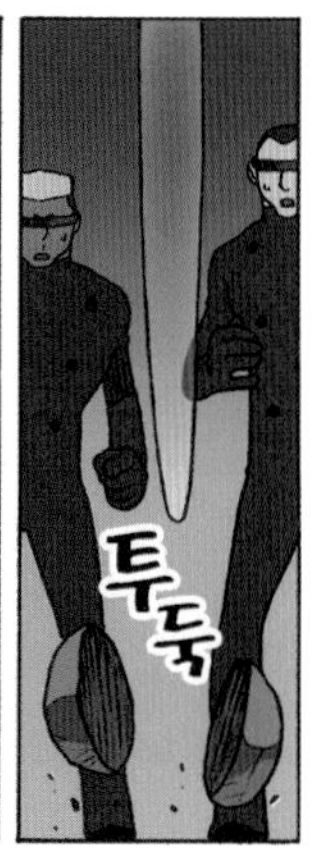
투둑

읏! 하마터면 토막 날 뻔했네.
공간 단면에 미세한 차이를 만들어 무엇이든 잘라버린다는…

하지만 소용없지.
모든 에너지 차이를 제로로 만들어버리는 내 기술이면…

파바밧

그딴 잔재주 어림없어.
마무리는 내가 할게.

거기 서!
젠장! 어떻게 통과했지?

우우웅

텅
우왓!

이제 머리통을
날려주마.

!

퉁
퉁
퉁

크읏!
팟
팟
팟

뭐야, 넌?
늑대굴
똘마니…?

뭐래?
퉁
퉁

소용없어!
팟
팟
그런 거 백날
쏴봐야…

빡
아, 뭐래?

퉁
퍽

여기까지!

이제부터 반격이야!

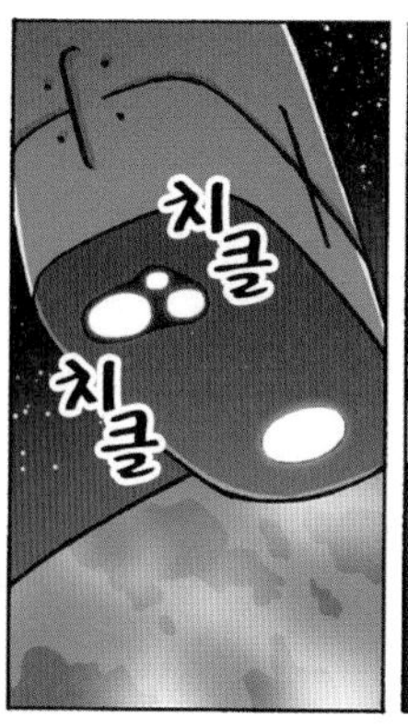
치클
치클

!
……

뭐야…
이게…
몇 명이야?

뭐?

추격 중이던
붉은늑대 두 사람이
당했고…
현장 주변에서
300여 명이 넘는 쿵들이
확인됩니다.

300?
300여 명…?
우라노 식별
코드가 없는 걸로 보아
전부 외행성에서…

이런 젠장할…!
지금 이게
무슨 상황이야?

여기!

자, 서둘러요!
지금 나눠드리는 블록은
몸에 꼭 지니세요!
뭡니까, 이게?

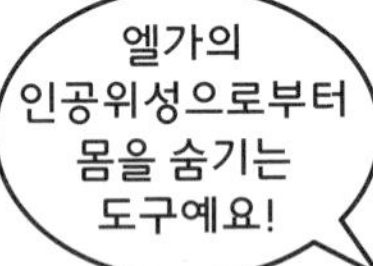
엘가의
인공위성으로부터
몸을 숨기는
도구예요!

이걸 가지고
계셔야 퀑 추적
필터에 걸리지
않아요!

블록을 받으신
분들은 서둘러 시장
인파 속으로 숨어
드세요!
여러분들은 이제
우라노의 자유민으로
인식되니까 저들과
섞이면 됩니다!

계산은 전부
저희가 할 테니까
시장에서
식사하시고
각자 위장 옷가지를
챙기세요!

안전을 위해
팔뚝의 앙크십자가는
숨기는 게 좋겠어요!
붉은늑대들이
냄새를 맡고 곧 여기로
들이닥칠 테니
서두르세요!

어… 어…?
퀑 지문들이
하나둘 사라지고
있습니다!

살라이!
옛썰!

슈
슈
슉

뭐야, 이 친구들…
츠즈즈
자신감 넘치더니
바로 당했네.

츠츠츠

현장 기억까지
전부 지워져
있습니다.
……

300여 명…?
예, 그렇습니다.

섀도 블록으로
인공위성으로부터
숨는 건
전형적인 늑대굴
놈들의 수법인데 그건
곧 우려하던…

늑대굴에서
외행성으로부터
쿵 화력을…
설마…

안 돼…
통제할 수 없는
소란이 일어난다면
어르신이 위험해.

하즈 님!
매머독 일행이
도착했습니다.

퍽

이 돼지 탈을 쓴 교활한 여우놈…
내가 그렇게 우습게 보여? 대체 무슨 꿍꿍이야?

간만에 인사드립니다, 회장님.
예상대로 직접 왕림해주셨군요.

예상대로?
슥
그러니까 내가 네놈 손바닥 안에 있다는 거네?

오냐오냐했더니…
휙
가이린은 둘째 치고 내 오늘 널 묻고 간다.

구룡도에 너무 갇혀 지내신 것 아닙니까?
무슨 꿍꿍이인지 답변은 들으셔야죠.

답변? 그래, 그게 네 유언이 될 거야.
시답지 않으면 말이 끝나기도 전에 머리부터 땅에 박힌다.

저희는 지금 고산가의 시선을 끌 만한
소란이 필요합니다.

뭐?
그 때문에
물리적인 화력에서
우위에 있는 회장님께
도발한 겁니다.

우라노의 그 어떤
귀족을 건드린다
한들
구룡도의
주인만 한 여파가
있겠습니까?

너 지금 무슨 소릴
하는 거야?
고산의 시선을
끈다고? 놈의 참견에서
벗어난 거 아니었어?

참견에서
벗어났더니 바로 견제가
시작됐습니다.
바로 발목이 잡힌
꼴이지요.

당장
외행성 진출에도
예상 못 한 차질이
생겼고요.
고산이
경계를 풀고 다시 우릴
자금 세탁의 통로로
이용하길 바랍니다.

……
그러니까
너 지금… 나랑
쇼하자고…?

과연 구룡도의
제왕이십니다.
우라노의
새끼 호랑이 소패왕이
보호받아야 할 고양이로
보이도록 도움을
주십쇼.

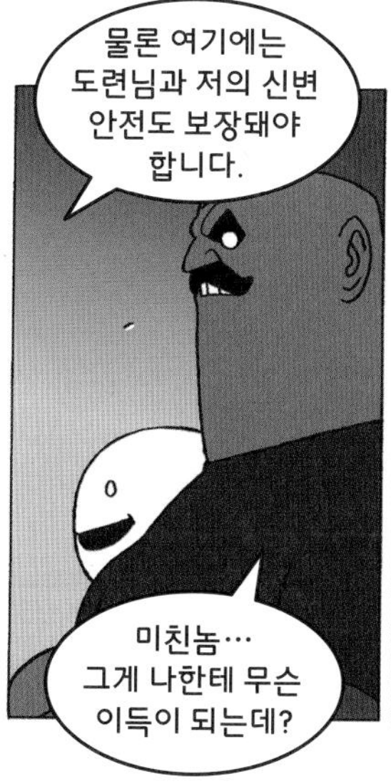
물론 여기에는
도련님과 저의 신변
안전도 보장돼야
합니다.
미친놈…
그게 나한테 무슨
이득이 되는데?

고산이라는
거인의 어깨 위에
함께 올라타자는
겁니다.
우선 약속
드릴 수 있는 건
구룡도의 8우주
프랜차이즈화…

……

저놈 기억 좀
읽어봐.
헤헤…

츠즈즈

헤헤…
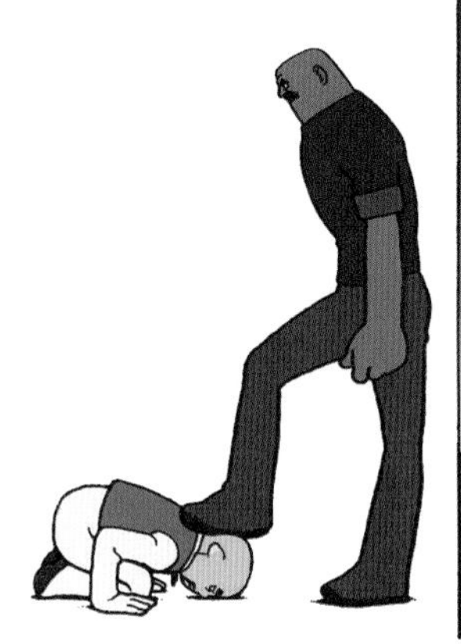

나와 일하는 동안
네 목숨은 이 상태야.
여차하면
머리통 박살난다.
내가 일하는 방식
잘 알지?

여부가
있겠습니까?
목숨 귀한 줄 알고
있습니다.
당분간 저희와
충돌하고 때로는 공조
하시면서 시장을
키우시죠.

좋아, 수용하지.
어떻게 시작할까?
우선 공조가
필요합니다.

지금
외행성으로부터 유입된
정체불명의 퀑들이 300여 명이나
백작님 영지 주변에서
떠돌고 있습니다.
통제할 수 없는 소란이
생기면 안 됩니다. 회장님의
압도적인 화력으로 그들을
제어해주십쇼.

후욱
뭐지…?
훅
훅
아침에 이 활력은? 기운이 뻗치는 게…
뭐야, 나만 그런 게 아니었네.
훅
훅
엊저녁 라면에 강장제라도 들어 있던 거야?
컨디션 최고!
지금 이 상태라면 왠지…
탁
……
될 것 같아.
내 손에 사과, 지금 사과를 쥐고 있어.
이걸로 치환하는 거다.
사과…
사과…
사과…
사과…
!
츠즈즈즈

됐어!
펑
드디어…

저 양반도…
힘은 넘치나 보네.
응!

근데…
응?

팃

티팃
팃

타닷

……

주목할 만한
신호?
우라노에서?

예,
현장 조사가
필요한 방사량
증폭입니다.
그래? 그럼…
확인해야지.

근데…
전부터 궁금했는데
말이야.
이런 현상은 대체
왜 일어나는 거야?

게오르그 방사 자연 증폭의 원인은 아직 신의 영역 입니다.
관찰하고 활용할 뿐이죠.

어떤 특질을 가진 일반인과 쿵이 만나야 이런 일이 일어나는지 아직 모른다고?
예!

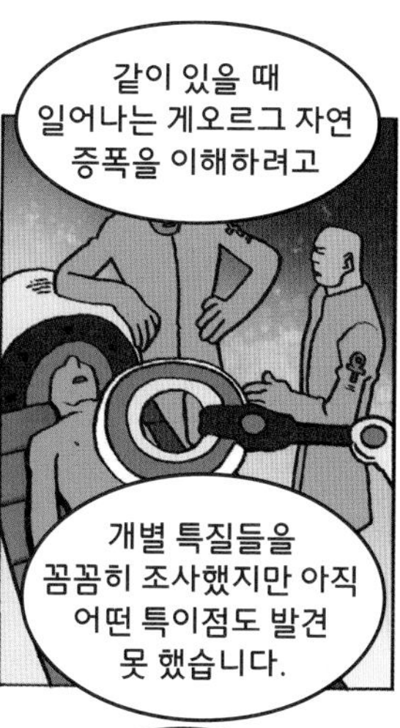
같이 있을 때 일어나는 게오르그 자연 증폭을 이해하려고
개별 특질들을 꼼꼼히 조사했지만 아직 어떤 특이점도 발견 못 했습니다.

다만 이 우주에 대단히 희박한 비율로
자연 강화 현상이 발생하는 짝이 있다는 것입니다.

종단이 찾는 수준의 강화 방사량은
8우주 전역에서 3년에 한두 건 정도… 그나마 활용할 수 있는 사례는 드문데요.

잡힌 신호가 쿵 능력 강화에서 생기는 증폭과는 어떻게 구별돼?
신호만으로는 구분이 어렵습니다. 그래서 현장 조사가 필요하고요.

지금 측정치가 우리가 찾고 있는 케이스라면
근데…
작을 듯.

쿵 강화체 역할을 하는 일반인의 생각이 상대에게 들리게 됩니다.
……
뭐… 뭣?!
일종의 의식 공명 현상… 이랄까요?

아놔, 진짜…
살다 살다 별…
뭐야, 뭘 근거로
그런 판단? 응?
나 매번 속옷
갈아입을 때마다 무척
번거롭거든?
뜬금없이 지금
그게 무슨 소리야,
이 양반이?
내가 얘기한 건
엊저녁에 먹은 라면이
이 활력에 미치는
영향이었거든?
뭐가 뜨끔해서
대뜸 그런 반응이래?
역시…
참자. 대꾸하면
말려든다.
괜찮아. 크기는
감각운동 지능이 낮은
애들의 가치.
중요한 건
정성을 다하는 마음.
힘내요, 작은 사람.
대꾸하면
말려들어.
끼니마다 고마워요.
우리 통성명이나 해요.
난 가이린.
왜? 이번엔
이름 가지고
놀려먹게?
무서워… 그럼
앞으로 작은 사람이라고
부를게.
다이크! 우라노의
무혈사신!
다이크. 우라노의…
작은 사람.
라면 서비스
영구 종료.
잘못했습니다.
저랑 놀아줄 친구가
필요했나 봐요.

후우우…
텁

다행히
숙소가 될 만한 장소를
찾았습니다.
팀을 대여섯 개로
나누는 게 좋겠어요.

구체적인
공격 방법과 시간을
잡는 건
각 팀의 팀장들이
모여서 논의하고요.

팀은 이렇게
나눕시다.
순간이동
능력을 가진 분이 모두
여섯이니까

그분들을 중심으로
각 팀을 구성해서…
!

아, 잠시만.
우선은…
예?

ZZZ…
……

우선 대장부터
좀 재웁시다.
저 양반…
우릴 만난 이후로 줄곧
잠을 못 잤을 거요.

ZZZ…

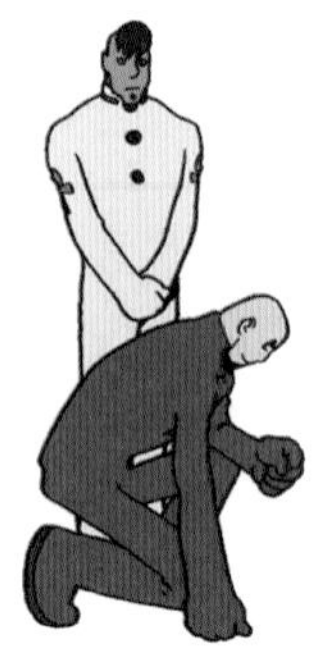
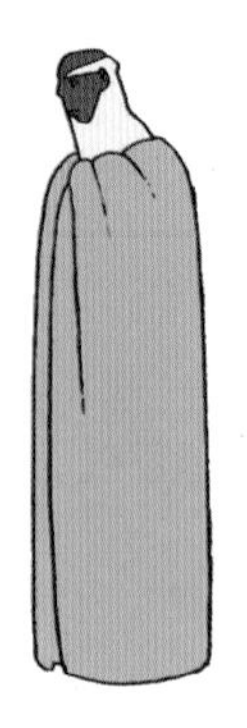

종무장이 되신 걸
다시 한번 감축드립니다.
고맙네. 이게 다
자네 팀원들 덕분이지.

간만에 뵙습니다.
응,
현장 조사가
필요하다고?

예, 우라노에서
잡힌 신호가 주목할
만합니다.
이거 여전히
자네에게 신세를
지는군.

송구합니다.
절 잊지 않으시고
이런 기회를 주셔서
영광입니다.
당장 우라노로 가
제가 직접 확인해
보겠습니다.

직접? 자네가?
물론입니다.
이 기회를 다른 사람에게
뺏길 수는 없습니다.

종단이 염원하는
죠슈아 님의 재림,
프로젝트 덴마의 시동을
제가 걸게 될지 모르니까요.

……

그 300명이 행성 간 이동 퀑 기술을 쓴 게 아니라고?
예, 만일 그랬다면 위성에서 경고 후 바로 발포했을 겁니다.

어떤 트릭을 썼는지 아직 확인 못 했습니다.
행성 출입 관리국에 늑대굴 패거리가 있는 걸까요?

그것들 지금은 어디에 박혀 있어?
300명 중 추적 좌표 10명을 찍어 계속 감시 중인데요.

영지 외곽에 골고루 흩어져서 대기 중입니다.
공격 전 숨고르기로 판단 됩니다.

게오르그값으로 추정컨대 대부분 붉은늑대 수준의 퀑들인데
충돌한다면… 결국 지루하게 시간을 끌게 되겠지요?

!
……

이… 이런…
죄송합니다. 제가 주제넘는 소릴…

자넨 내일부터 내가 상주하는 중앙센터로 출근해.
예?
승진이야.

오옵…
영문은 모르겠지만…
감사합니다,
하즈 님!
감사는 내 몫.
자네가 중요한 걸
일깨워줬어.

한심한
내 꼬락서니라니…
멍청이!
자의식 과잉의
관심종자들이나 할
전략으로 내심 우쭐해
하고 있었다.

늑대굴의 주도라면
백작님 생포를 목적으로
할 테니
그 친구 말대로
결국은 시간을 끄는
싸움이 될 거야.

대규모 전면전
양상이 아니라면
이 우주
누구의 이목도
끌 수 없어.

고산이 우리에게
손을 뻗게 만들 거리도
못 돼…
난 대체 뭘 근거로
소란만 일어나면 된다고
판단한 거지…?

안이했어. 고산가를
움직이려면
그들 사이즈에 맞는
더 대담한 선택이 필요해.
당장 전략을 뜯어
고치자.

예?

붉은늑대 전원…
방어 태세로 전환
하라고요?
응, 지금 당장.
서두르자고. 놈들이
언제 영지 안으로 치고
들어올지 모르니.

늑대굴 소탕령을 철회하고 모두 복귀시켜서
구역별 백작님 벙커에 골고루 분산 배치하게.

아, 백작님 벙커라면…
가장 먼저 지켜져야 할 자산이지. 자네도 공감하지?

매머독이 우릴 돕기로 했으니
각 벙커마다 그의 화력들도 함께 배치될 거야.

그런데 하즈 님, 공격조를 따로 두지 않으면 피해가 커질 텐데요.
매머독의 화력이 보강된다면 서둘러 팀을 꾸려 지금 당장 놈들을…

우리가 지금 당장 할 일은 페인트 몇 통이랑 붓을 구입하는 거야.
예…? 칠하는 페인트… 말씀인가요?

아, 그 화학 성분을 이용해 뭔가…
그릴 거야.

……
그 용도를… 여쭈어도 되겠습니까?

미끼…
고산이 물게 될 미끼를 그리려고.

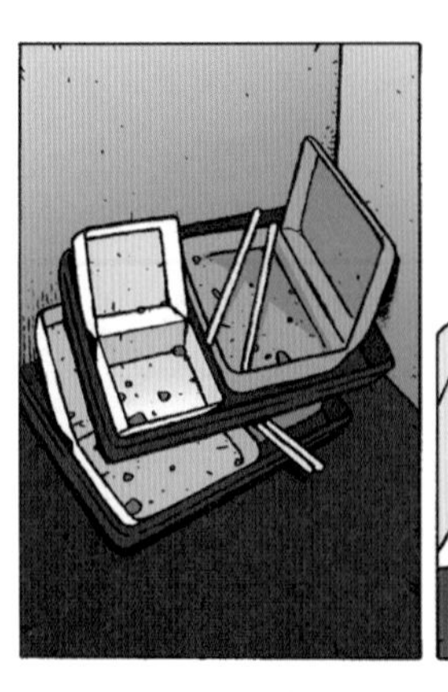

제기랄! 이런
개족보 같으니…
다브네스 계보는
외워도 외워도 줄지가
않아.

8우주 구석구석
잘도 싸질러놨네,
염병…!

잠깐…
몇 대손까지
외웠지?
……

긁적
긁적
……

나도 뭔가…
공부할 거릴…
틱
……

!

테이…
이 녀석
별일 없나…?
연결할 방법이
없으니…

!
아, 그래.
저 친구 라인을
이용하면…

그… 근데
뭐라고 얘기하지?
…응?

맙소사…
내가 지금 뭘 고민
하는 거야?
라인 끊긴
여친하고 통화 좀 하게
도와달라고 하면
되잖아!

저기…
외부 라인이
정지돼서 그러는데
급한 전화
한 통화만…

좋아요. 나도
잠시 머리 식힐 겸
나가 있을게.
아, 고마워…

테이의
식별 코드…
입력된다.
연결되겠어.

어? 귀여워!
당신 여친?
여친은 무슨…
동생이야!

오빠와는 다르게
참 맑은 느낌이네.
나도 꽤 맑거든!

……
띠리리
응? 방금 내가
뭐라고 한 거야?
동생…?

아, 정신 차려!
이 와중에 무슨
꿍꿍이…
테이… 테이…
내겐 테이가 제일
중요해!

ZZZ…
ZZZ…

슈슈슉

……

어디 보자.
확인을 하려면…

띠리리

받아…
제발 받아…
띠리리

투득
!

꺄아아아아…

뭐야?
저… 저기…

투드득
투득

으허억! 쥐다!

아, 뭐야? 경호원이 같이 놀라면 어떡해?
아, 뭐래? 경호원은 사람 아냐? 바퀴벌레면 몰라도

쥐는 정말 질색이라고!
슥

타다닥

꺄아아아…

으아아아…
……

오지 마! 오지 마! 저리 가!
왜 저래…?

뭐… 나야 감사하지.
스윽
저렇게 밀착하고 있으면…

방사량 증폭이…
슥

팅

긴급 경고!
긴급 경고! 요격위성 EL-5가 전합니다.
WARNING
지금 즉시 우라노를 떠나세요.
당신은 행성 출입국에 보고되지 않았습니다.
8우주 평의회 하이퍼 퀑 관리법과 행성 간 이동법에 의거,
지금 떠나지 않으면 바로 제거됩니다. 다시 경고합…
WARNING
아, 알았어! 잠깐 일 좀 보고 갈게.
틱
제거 같은 소리 하고 있네. 건방지게…
칫
!
앗! 뜨…!
아, 이 씨…
그래? 내 머리를 뚫겠다고?
어디야? 확대!
확대
확대!
너였냐?
거기 가만있어.

슈슉

이 빌어먹을
쇳덩이가…
흔적 없이
치워주마.

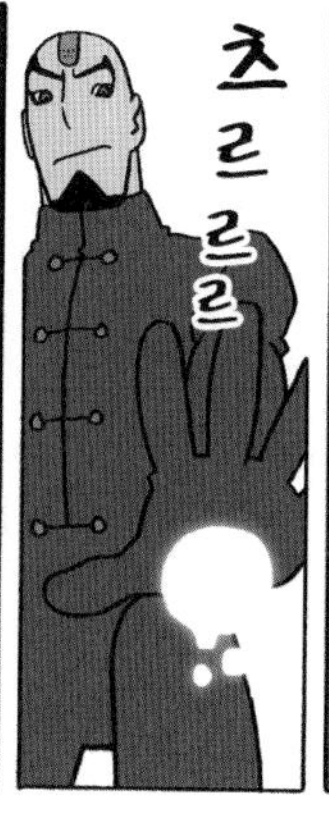
츠르르

잠깐…! 이걸로는
분이 안 풀려. 요격
위성이면…
엄청 비쌀 테고
여러 개 돌아다니겠지?
그래, 그럼 전부…

!

뭐?

무슨 소리야?
요격위성들만 전부
꺼지다니?
하이퍼 쿵 신호가
잡힌 이후 일어난
일입니다.

아무래도
늑대굴 소행이
아닐지…?
이로써
백작님 영지의
하늘은 완전히
뚫렸습니다.

뭐야, 이것들…
도대체
어디까지 준비한
거야…?

하이퍼 쿵까지
데려온 거라면…
고산의 신경을
건드릴 화력을 끌어들이는
수밖에.

!

……

무슨
꿈이지…?
!

뭐야, 이것들…
지금 어디로
모여들고 있는 거야?

놈들의
늑대굴 소탕령은
취소됐고
엘가 본부로
복귀해서 지금 팀을
나누고 있어.

붉은늑대들이
전술을 바꾼 건가?
어, 벌써
일어났어?
테이, 수고했다.
고생 많았어.

네가 데려온
쿵 화력 덕분에놈들이
작전을 바꾼 것 같아.
어떻게?

그건
관찰 중이야.
화면 상태가
왜 이래?

놈들의 탐지 위성을
해킹 중이거든.
요격 위성에
걸리지 않게 계속
순간이동 하면서
통화하고 있어.

여기 이게
현재 붉은늑대들
위치야.
……

뭐야, 화면에
이름까지 뜨네.
당연히. 엘가의
위성이니까.

붉은늑대들
피부에 이식된 개인
식별 코드 신호가
잡히는 거야.
집결지는
총 십여 군데.

모두
백작의 벙커로
모이고 있어.
벙커에
엄청난 양의
금괴를 숨겨뒀다는
소문이 있었는데…

꼴을 보아하니
어쩌면 사실일지도
모르겠어.
다이크…

현재 내게 주어진
사적인 시간이 얼마나
되지?
응? 왜? 볼일 있어?

내가 깨우려던
시간보다 두 시간 정도
빨리 일어났어.
오케이,
그럼…

부탁이 있어.
다이크란 붉은늑대
좀 확인해줄 수
있을까?
다이크…?

테이, 너…
큰일
그르치지 않아. 잠시
시간을 줘.

다이크…
다이크…

아, 여기 잡힌다.
살아 있어?
응, 근데 뭐야, 얜? 어디 감금돼 있나? 왜 혼자 동떨어져 있어?

동떨어져 있다고?
응, 화면 봐봐. 다른 집결지와는 꽤 떨어져 있네.

……

저기… 잠시 나 좀 거기로 데려다 줄 수 있을까?
응?

야, 너 지금 뭐 하자는 거야?
뭘 걱정하는 건지 아주 잘 알아.

분명히 말하지만 내겐 동지와 인민들이 더 중요해.
그러니 믿어줘. 잠시 얼굴만 보고 올게.

……

좋아, 10분…!
10분 내로 돌아오지 않으면 배신으로 간주할 수밖에 없어.

후우우…

쳇! 경호원
바꿔달랠 거야.
당신 안 다치게
쫓아냈어.

쫓아내긴. 쥐가
알아서 나간 거지.
놈이 나갈 때까지
내가 소리쳤잖아.

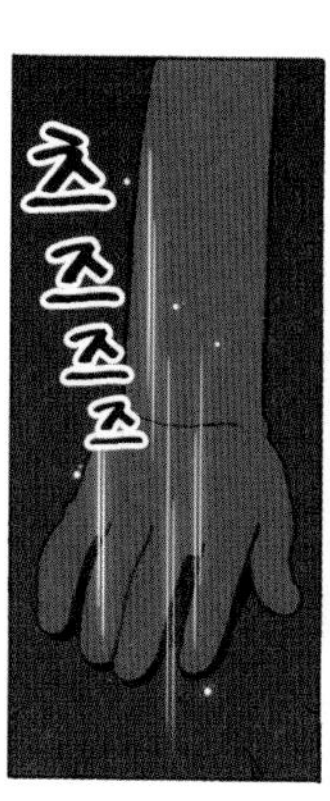
츠즈즈즈

$%&? +&@…!!
뭐야, 고작
쥐 한 마리 때문에
그 소란을…?

그래,
쥐 몇 마리로
둘을 다시 밀착
시킬 수 있다면야…

#! &^@*? +k&?
후후후…

사실은 나…
장난을 좀 쳤지.
쥐라니…
빈민가에서 자란
나한테 그런 건 꽤나
친근하다고.

같이
호들갑을 떤 이유는
너한테 약이 좀 올라
있었거든.
예상보다
반응이 꽤 요란해서
기분이 좀 풀렸어.

그래, 처음
자작의 고정액
탱크에서 꺼냈을 때
감기던 이 느낌…
무엇보다
안고 있을 때
온전히 소유한 것
같은 기분…

쥐가 또 나타난다면 이번엔 키스라도 해달랠까?
!

작은 사람, 아까… 문 닫지 않았어?
응?

뭐야?

!

어어엇…!
투드득

$#%&@%&@!!!!!
뭐야? 패거리를 데려왔네.

뭐 해! 빨리… 빨리 이리 와, 너 경호원!
다이크, 빨리! 이 자식아!

내가 거길 보상도 없이 어떻게 가? 무서워…
키스라도 해준다면 모를까?

……

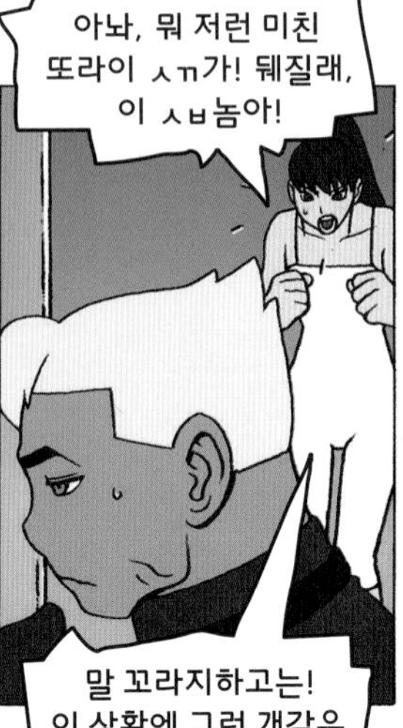
아놔, 뭐 저런 미친 또라이 ㅅㄲ가! 뒈질래, 이 ㅅㅂ놈아!

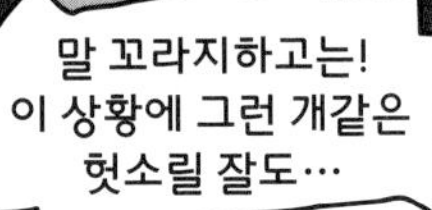
말 꼬라지하고는! 이 상황에 그런 개같은 헛소리 잘도…

그래, 헛소리 한놈은 밖에 있을게.
건투를 빌어.

알았어!
이 ㄱㅅ끼야, 빨리 와!
키스해주면 되잖아!
빨리… 빨리 오라고,
이 미친놈아!
척
……
짝
아, 왜 때려?
키스해준다며?
네 보상 조건이
ㅈ같아서! 지금 이
상황에 그런…
됐어, 내려!
나 갈래! 경호원
바꿔달라고 해!
야!

슈슈슉
!
!

……

방금
키스하면서 올라간
방사량 수치라면…
종단이
애타게 찾던
바로 그 케이스가
틀림없어.

드디어…
어서 이 사실을…

근데…
갑자기 나타난
저 친구들은
뭐야?
……

……
아…!

다이크 씨의
동생분이시죠?
바… 반가워요.

……

……

아…
……

응?
바로 돌아갈 거야?
끄덕
테… 테이야!

……

슈슈슉
테…

꺄아아악…
다… 다이크!
……

오, 그래?

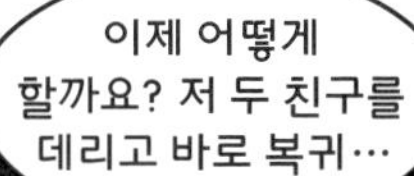
이제 어떻게 할까요? 저 두 친구를 데리고 바로 복귀…

아, 취임한 지 얼마 안 돼 이 사안을 당장 어떻게 처리해야 할지 모르겠군.

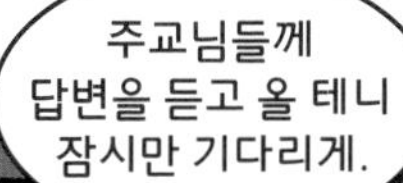
주교님들께 답변을 듣고 올 테니 잠시만 기다리게.

자넨 그들을 살피고 있게나. 종단 역사에 새로운 페이지가 탈 없이 쓰여질 수 있도록.

최대한 빨리 답변을 전달하겠네.
황송합니다. 천천히 일 보시지요.

B5

후우우우…

미… 미안… 정말 미안해, 살라이.
다이크에게 이 말을 전해줘. 이번 사태가 무사히 끝난다면…

끄으응… 제기랄!
등신같이… 또 호구 짓거리 하려고?

야, 괜찮아?
짜증 나
뒈지겠어! 다이크
그 자식…
위치 좌표 좀
줘봐.
응?
야, 다이크!
거기서 뭐 해,
당신?
키스해줬으면
이것들 책임져야지!
빨리! 이리
와서 쥐들 좀…

염병할!
하필이면…
뭐냐,
이 개떡 같은
타이밍…
슈
슈
슉
!

……

그럼… 아직 주교님들께는 알리지 말란 말씀인가요?
예, 어르신들은 과정이 필요한 게 아니라 결과를 원하십니다.

보여줄 게 있다면 우선 안전하게 손에 넣는 게 먼저죠.
종단에 필요한 물건이 있다면 일단 가져오세요.

어르신들 중 그 누구도 그걸 어디서 어떻게 구했는지는 묻지 않습니다.
다만 이번엔 그걸 누가 사용할지가 궁금할 뿐이에요.

물론 물건을 손에 넣는 과정에 문제가 생겼다? 그건 전적으로 당신 책임입니다.
그것에 관해 어르신들은 사전에 보고받은 적이 없기 때문이죠.

알겠습니까? 종무장의 일처리란 그런 것입니다.
아, 예… 명심하겠습니다.

……

꺄아아아아… 꺄! 꺄아아…

저건 또 무슨 춤이래?
언제? 테이가 언제 그런 얘길 했는데?

살생부에 추가된
직후에 연락이 왔어.
뭐? 살생부?

몰랐냐?
늑대굴 소탕령이
있었다.
팀장이 위험한
싹은 미리 자르겠다고
테이를 즉결 처형 대상에
추가했지.

솔직히 기분이 참…
내 손으로 테이를
치우고 싶진 않지만
한편으로는

그나마
내가 나서야
테이에게
가장 깨끗한
죽음이 될 거라는
생각도…

콱
개소리
집어치워!

이게…

턱

턱
턱
턱
턱
턱

이거 봐라…
너 각성제라도
빨았냐?
어떻게
순간이동 기술을
응용한 내 주먹을
다 막아내지?

염병할! 지금 그게
중요한 게 아니잖아!
콱

어째…
감정 기복이 심한 하루인 듯.

팅
아, 종무장님.

그 두 분… 주변과 충돌 없이 최대한 빨리, 그리고 조용히 모셔 오게.
옛썰!

10분 준다. 가서 전해. 당장 테이를 살생부에서 빼지 않으면
붉은늑대를 적으로 돌릴 수밖에 없다고.

네놈들 뇌와 심장이 쓰레기로 채워지기 전에
명령을 철회하라고 해. 10분 내로 답변을 가져와.

이 미친놈이 그걸 말이라고…?
네깟놈 하나가 우릴 상대로 몇십 초나 버틸 것 같아?

너희한테 나랑 테이가 죽게 되더라도
그 전에 반드시 두놈은 내 손에 죽어.

살생부에 테이를 추가한 팀장놈,
그리고 그걸 용인한 하즈.
당장 두놈에게 빠뜨림 없이 전해!

팍

패기 쩌네. 빈 수레 참 요란하다.
10분? 10분 뒤면 지금의 네가 꽤나 원망스러울걸?

마지막으로 옛정에 기대어 한마디 해주지.
내가 너라면 지금 도망치겠어.

곧 늑대굴에 충원된 쿵놈들과 큰 전투가 있을 거거든.
전쟁이란 말야. 우리 팀원들이 제어가 되겠어?

그럼 테이가 차라리 내 손에 죽게 되길 바랄 거라고.
슈슉
닥치고 말이나 똑바로 전해!

……

제기랄! 바깥 상황이 이렇게 긴박한 줄도 모르고 나란놈…
!

당신 뭐야?
두 분을 빠르고 안전하게 모시러 왔습니다.

당신 누군데? 어딜 모셔 간다고?
지금 그건 중요한 게 아닙니…

빡
아니긴!

별 미친… 오늘… 분위기가 심상치 않아.

하즈 님,
분부대로 각 벙커의
공간 기억들을 꼼꼼히
삭제했습니다.
이제
벙커 안 물건들의
출처는 알 수
없습니다.

수고했네.
자네들
큰일 했어.

팅
하즈 님!
오돔 공작
측에서 답변이
왔는데요.

급한
내부 일정들이
마무리되는
대로
주임 집사가
직접 하즈 님을 찾아
뵙겠답니다.

급한
내부 일정…?
……

역시 오돔 공작의
주임 집사답군.
직접
오겠다고?
언뜻
상대에게 예를
다하는 것처럼
들리지만

실상은
우리가 다급해질 때까지
시간을 질질 끌다가
좀 더 많은
대가를 얻어내겠다는
속셈일 터.

우리가 고산가와
틀어져 있는 상태라
선택지가
자신들밖엔 없다고
판단하는 거다.

……
예상은 했다만
이거… 내 페인트
장난질이
고산에게 먹히지
않는다면 꽤 낭패를
보겠어.

……

그래. 그렇게
명료하게 의사 표시를
해주면 나야 고맙지.
살라이는 이제
벙커 방어로 복귀하고

거기 세 사람!
책임지고 다이크를
치우고 와.
옛썰!
가이린이란 아가씨
안전하게 모셔 오고.

슈슈슉

츠즈즈즈

다이크 이 자식
여자를 데리고 튄 걸 보니
인질로 삼을 모양인데…
약삭빠른놈.
그래봐야 독 안에 든 쥐.

첨벙
첨벙

하아
하아
갑자기…
어딜 가는 거야?

응? 어디 가냐고?
몰라. 당장은.
뭐?
가만히 앉아서 개죽음당하는 것보단 이게 나아.
개죽음이라니? 백작이… 날 죽인대?
……
그래, 어차피 지금 내겐 고분고분한 인질이 필요하니까…
응! 백작이 당신 죽인대.
……
거짓말!
웬 거짓말? 지금 이 상황이 장난 같아?
살수 꿩들이 쫓아오고 있다고.
당신을 위해 이 개고생이란 말이야.
웃기지 마. 당신은 백작의 수하잖아.
그런데 왜 나 때문에 쫓겨?
그건…
널 사랑하게 됐으니까!
……
갑자기 이런 얘길 들었으니
당황해서 입 다물고 있겠지?
똥 싸고 자빠졌네.

푸아아아…
이거 봐.
거짓말하니까
자빠지지.

사랑? 당신이 날
얼마나 안다고?
나처럼 예쁘고
몸매 쩌는 사람한텐
무조건 사랑에
빠지는 거야?

그딴 식이니까
애먼 짓 하다가 여친
한테 딱 걸리지.
뭐… 뭣…?

아까 그게 동생이
보일 반응이야? 누굴
속이려고?
그리고 아까 다
봤어! 댁이 잘못해서
도망치는 거잖아!

백작이 날
없앨 거면 바로 치지
왜 번거롭게
왔다 갔다?
펑
너 날 인질로
쓰려는 거지?

젠장…! 너도
내 마음의 소리가
들렸구나!
퍽이나!
그 시커먼 속내 관심 없어!
잔머리 굴리는 게 빤히
보일 뿐이야!

뭐야, 너?
그렇게 다 알면서
날 왜 따라온
건데?
그건…

널 사랑하게
됐으니까.

허엇…!

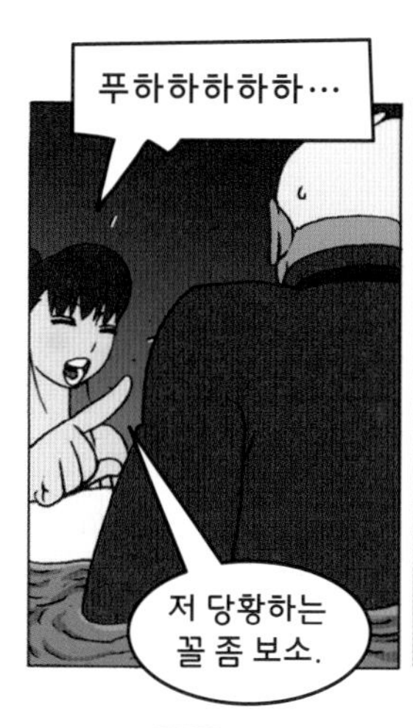
푸하하하하하…
저 당황하는 꼴 좀 보소.

좋냐? 응? 좋아? 영혼 없는 농담에 쫄기는…
그런 주제에 잘도 입을 놀려?

……
그래…

영화나 드라마에선 이럴 때 기습 키스로
경계심을 무너뜨리는…

아놔, 이 미친… 맥락도 없이…
츄
츄
어딜? 이 날강도 치한놈아!

퍽

끄아아압…! 내 입… 터졌… 피…
그놈의 주둥이 이래저래 잘못 놀린 대가야!

슈
슈
슉

굉장해! 두 분이 만들어내는 방사량…
정말 환상적인 케미라니까! 좋아, 아주 좋아!

뭐야, 저거… 순간이동이 되네.
그래, 지금 절실하게 필요한 건…
이런 무의미한 고생 말고 절 따라 갑시다.
아까부터 다짜고짜… 당신 정체는 알아야 할 것 아냐?
지금 말씀드리기는 곤란합니다.
좋아, 나보다는 셀 것 같으니까 당신을 따르도록 하지. 대신 조건이 있어.
내 머리속 위치 추적기 좀 떼고 가자고.
지하 클리닉에 잠시만 들르면 될 일이니까.
그런 거라면 우리 쪽에서도 충분히…
아니. 당장 내가 불편하고 불안해서 그래.
……
하긴 그렇게 하는 편이…
그럽시다.
평소 찾던 곳이 있습니까?
츠즈즈
다이크… 이 자식 귓속말로 했어.
탐지 위성에 요청해서 위치 확인하면 돼.
접근 인증 절차 때문에 시간이 좀 걸릴 거야.
그나저나 그 정체불명의 파란옷…
어디선가 본 적이 있는 것 같은데… 꽤 위험한 느낌.

그래?

전에도 얘기했잖아. 너희 엘가의 추적기는 머릿속에서 거미줄 모양으로 뻗친다고.
물리적으로 꺼내려면 뇌가 걸레가 되고 말아.

대신에 초고주파로 메인 회로를 태워서
기능을 정지 시키는 게 좋겠어. 대신에…

대신에 뭐?
너 지금 부작용 같은 걸 얘기하려는 거냐?

슈 슈 슉

터 엉

다이크?
갔어요.

어디로?
몰라요.
쏴버려!

말할게.
진작에.

슈슈슉

10분만 기다려요.
얼굴 보고 인사만 하고 나올 테니까.

아, 안 돼. 그만. 여기까지.
응?

위치 추적기 끈 걸로 충분해. 더 이상은…
아, 뭐래? 어차피 왔잖아. 잠시 인사만 하고 온다니까.

근데 이 친구가 누굴 호구로 아나…
가만 보니 내 이동 능력을 실컷 이용해먹으려는 것 같은데

수작 다 읽혀. 네 요구는 충분히 들어줬어.
잔머리 굴리지 말고 이젠 내 말을 순순히 따라.

그렇지 않으면 하이퍼 전투 쿵의 실력을 보게 될 거야.

하이퍼 전투 쿵? 좋아, 그럼… 나도 보여줄 게 있어.

뭘 보여준다는 거야?
너 이런 거 돼?
스르륭
이게 뭔 줄 알면
까무러칠걸?

그게 뭔진
몰라도
너한텐 이게 더
중요할걸?

그게 뭔데?
네 심장.

뭐? 웃기지 마!
네가 나한테
그런 짓 할 동안
내가 모를 리…

커허억!

하이퍼 맞아?
너희들 기술 반응의 민감도
어쩌구 하던데
그거 다
개소리였나 봐.

너 이 쥐새끼…
비겁하게…
비겁이라니?
하이퍼 전투 쿵놈이
뜬금없이 나타나

사람 납치해
가겠다는데…
끌려가서
무슨 꼴 당할지도
모르는 마당에
선빵은 기본
미덕이지.

네놈 정체를
반드시 알아야겠어.
크흐으윽…
그렇군. 이 순간
내가 할 일은…

기억이 읽힐 만한
흔적을 남기지 않는
것이다.
내가 아니라면…
너희들 좀 더 거칠게
다뤄질 거야.

젠장…
내가 이렇게 가다니…
어처구니없군.
콱
태모님의 품으로
뭇시엘!

쩌
엉

!

크으윽…!

화
르
르
르

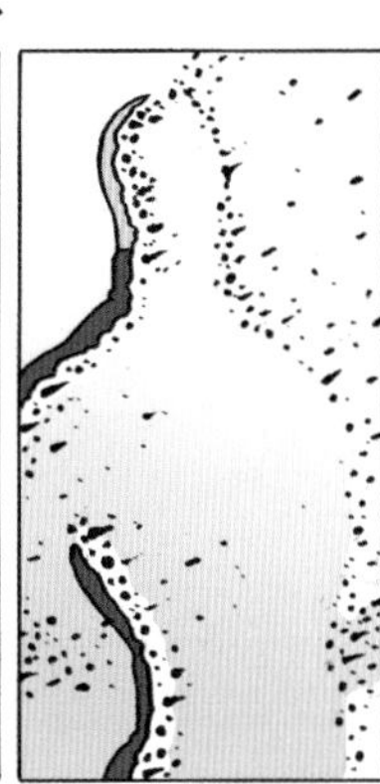

으읏… 내 눈…!
괜찮아?

염병할! 앞이…
앞이 안 보여.
!

저런… 선빵 다이크 선생,
눈이 안 보인다고?
인마, 귓속말로
위치 좌표를 얘기하면
우리 추적을 피할 것
같던?

뭐야,
저것들은…?
다이크랑
같은 복장을 한
세 사람…

가이린 씨죠?
놀라지 마세요.
저희가 안전하게
모실 테니…

어딜! 소리로
네놈들 위치 정도는
간단히 파악해!
슈
슈
슈
슉

……
투
드드드
드

파하하하하…
소용없어!
이 와중에도
부지런히 선빵이네.
너 내 목소리
알지?

그럼 내가
어떤 기술을 쓰는지
알 것 아냐?
자의식 쩌네! 네가
누군지 내가 어떻게
알아?

소리로 판단해
그 알량한 기술 써봐야
아무 의미 없다.
철컥
이동 없이
내가 계속 우리 위치
좌표값을 바꾸고
있거든.

결국 네 눈앞에 있는 것처럼
보일 뿐이란 거야. 지금 머릿속 거리 계산으로는
내 털끝 하나 못 건드려.
대신 여기서 쏘는 총은
정확히 네 머리를 관통할 거야.

잘 가라, 다이크!
아… 안 돼!

슈슈슉
!

툭

뭐야…?
슥
만지지 마!
뭔 줄 알고…

괜찮아.
여자 팬티야.
뭐가 괜찮아?
그런 게 갑자기
여긴 왜?

슈슈슈슉

털썩
!

팬티를 집는 순간,
바뀌던 위치 좌표가
고정된 거야.
응?

엉클…?

가르친 대로
잘하고 있네.
선빵 최고!

뭔가 좀 보여?
아니, 우리 말고는 쿵이라곤… 거긴 어때?

마찬가지야. 외행성 쿵놈들이 오긴 오는 거야?
그러게… 근데 우리가 이런 방어를 할 필요가 있나?

감당하기 벅찬 건 요격위성들이 처리하면 되잖아.
굳이 이런 미끼 신세를…

츠읏

콱
어딜!

퍽

놈들이 우릴 염탐하는 것 같은데…
뭐야, 여… 연막이냐?

드론 공격이다!
퍽

퍽
퍽
피해!
퍽

연막?
예, 드론으로 자폭하는 방법 입니다.

이런, 제기랄! 이미지가 흐려.
이래선 적을 구분하기가…

모두들 정신 똑바로 차려!
놈들이 곧 치고 들어올 거야!

정신 차릴 게 아니라 연막이 걷힐 동안
슈슉
잠시 대피 하는 게…

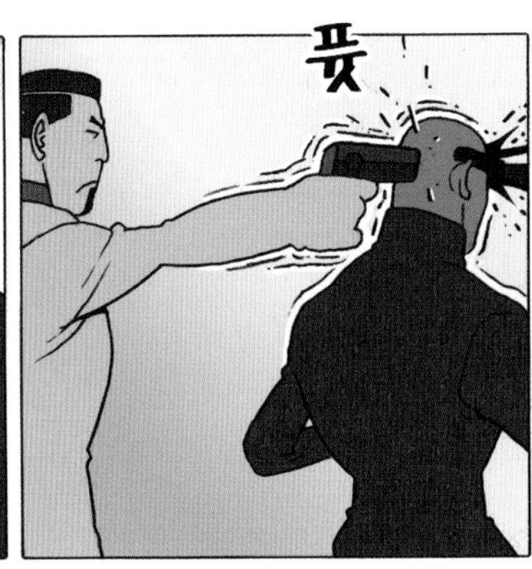
퓻

슈슈슉

순간이동 사제님들의 활약에 기대어
놈들의 방어 전선이 흐트러지는 대로

엘 백작의 생포까지 바로 갑니다! 공격이 멈춰선 안 돼요!
우릴 방해하는 붉은늑대들은 전부 치우세요!

ㅎㅎㅎㅎㅎ…
베레미즈 주교의
잔머리가
내게 이런 영광의
기회를 주네.
그 양반…
종단 내 주도권을
잡겠다고 온갖 술수를
써왔지.
덜떨어진
친구를 종무장 자리에
앉힌 것도 그중 하나.
문제는
이 융통성 없는 신입이
명령을 잘 따를 뿐,
자신에게 굴러온
기회는 활용할 줄
모른다는 거야.
주교들에게
전달할 메시지가
있을 때,
자네를
거쳐야 한다는
종단 룰을 벗어나질
못해. 고맙지.
물론 자네가
내 사람이라는 사실을
알았다면
융통성을 발휘
했을지도.
덴마 프로젝트를
우리가 시작한다면
차기 대주교는
따놓은 당상. 물론…
내가 비우게 되는
주교 자리는 자네가
채워야지.
태모님이
우리에게 주신
기회로 알고
종무장의 수고를
제일 먼저 받아
주자고.
감사합니다, 어르신.
명심하겠습니다.

털썩
!
젠장!
왜 식별 코드까지
흐리게 보여?
이봐, 무슨 일이야?
거기 괜찮아?
아, 이 친구
앞이 안 보여 실수로
넘어졌나 봐. 거긴
어때?
아, 아직은
별일 없어.
이래도?
훅
응?
붉은늑대…?
털썩
전투 자세는
강아지네.

촛
이… 이거…
뭐야?
퍽
착
엘가놈들
더 당하게 둘걸.
너무 일찍
등장했나?

응? 저것들
뭐야?
!
붉은늑대는
아닌 것 같은데…
쏴? 말아?
파직
턱
망설이면 늦어,
이 외행성 친구야.
퍽
퍽
퍽
이 경비봇에
장착된 게오르그 센서의
성능 때문에
이제
쿵놈들은 우라노에서
밀려난다.
이 장비는 우리
매머독 님의 야심이지.
조만간
대량 생산 공장이
완성되면 우라노의
새 주인은…
퍽

팅
팅
퉁
퉁
털썩
퉁
퉁
팅
팅
콱

크흐윽!
꾹
최대출력!

키이잉

텅

텅
텅

치잇! 벌써 배터리가…
역시 최고 성능으로는 몇 발 못 쏴.

구룡도 경비봇이다! 젠장, 매머독이 엘가를 지원할 줄은…
단순한 원리를 극대화한 저 장비가 맨몸의 쿼들에겐 치명적이야.

파직

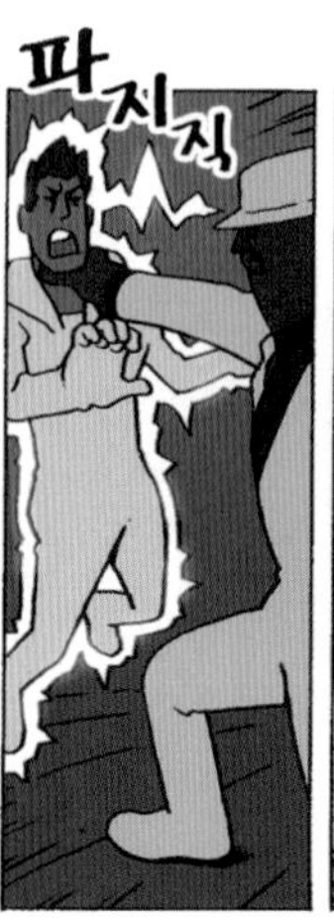
파지직

퍽
퍽
퍽

츠츠츠

……

지금 전세는?
매머독 팀이 외행성 퀑들을 누르기 시작했습니다.

백작님 생포를 노리는 이 블랭크들의 정체는
퇴출된 태모신교 수호사제입니다.

퇴출된 태모신교 수호사제…?
예, 제가 우려했던 늑대굴의 수장이 그들을 설득한 것 같습니다.

이 사이비 중놈들이…
그래, 그게놈들이 행성 출입국에 걸리지 않았던 이유였군.

교구끼리 연결된 행성 간 비밀 통로를 이용했던 거야.
뻔해.
퇴출된 사제들은 종단과 무관하다는 궁색한 변명만 늘어놓겠지.

얌체처럼 받아먹을 건 다 챙기면서 할 일은 등한시한다?
그래, 종단 놈들… 이번에 제대로 엿 한번 먹어봐라.

좋아, 블랭크 시신들은 최대한 훼손하지 말라고 전하고
옛썰!
우리 경비팀 방어는 벙커를 이탈해선 안 돼. 계속 수고하게.

틱
OFF

즈응

……

으읏…!

여기저기
사제들의…
이거 이렇게
가다간…

그래, 이러다간
몰살이야.
일단 후퇴해서
펄스 건으로
재무장한 뒤…

콰
앙
우왓!

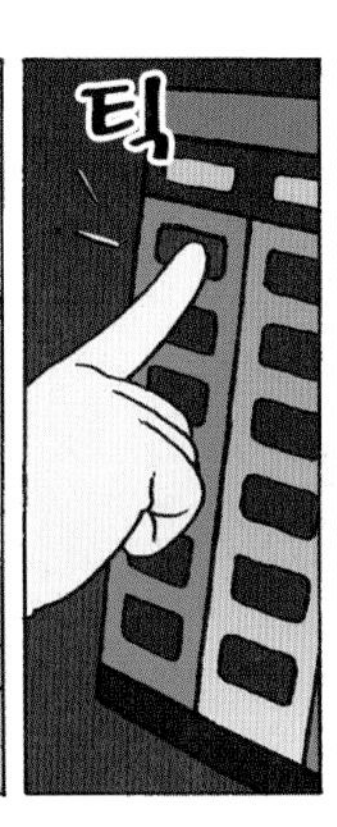
틱

콰앙

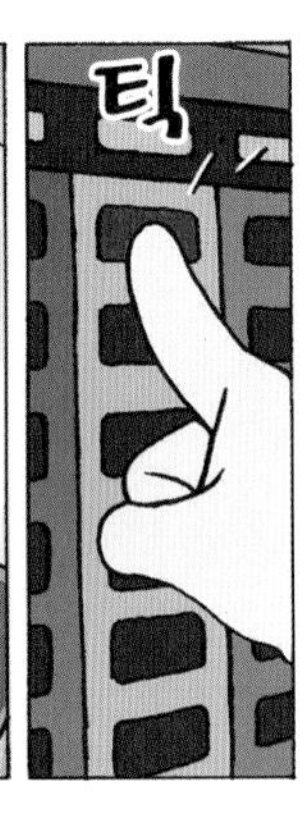
틱

콰
앙

붉은늑대여,
그대들의 희생이
여러분들의
행성 우라노를
8우주의 중심으로
만들 것이다.

오케이…

다행히 반응 있네.
일시적인 거야.

곧 회복될 테니까 걱정 말아요, 아가씨.
여친 아닙니다. 제 몸은 저만 걱정 하면 돼요.

아, 두 사람 러브러브 응응응 하는 사이 아니었어?
네, 방금 질문에서 응응응은 빼주세요.

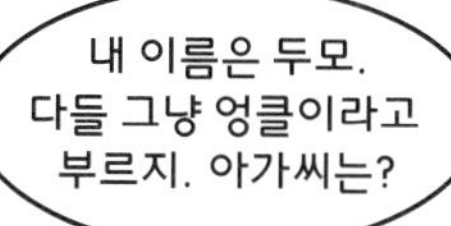
내 이름은 두모. 다들 그냥 엉클이라고 부르지. 아가씨는?

네, 전 가이린이라고 해요.

가이린?
……
가이린?
가이린?

어째 귀에 익은 느낌인데… 어디서 들었더라?
근데… 어쩌다 이놈하고 쫓기는 신세요?

아, 같이 쫓기는 건 아니고 절 인질 삼아…
저런! 이런 나쁜놈이 있나.

내가 구해줄게. 마음 편히 가져요. 나 혼자 사는 곳이라 많이 누추하지만
여기 머무는 동안 불편 없도록 할 테니.

혼자 계시는 건 아닌 것 같은데요.
응?
아, 저건 내가 입는 거야.
이것저것 써봤는데 저만한 게 없더라고.
부드럽고 따뜻하고… 필요하면 언제든 빌려 가요.
마음만 받겠습니다.
시장하지? 간단한 요깃거리를 준비할게.
네, 감사해요.
……
눈이 회복되는 대로 엘가로 돌려 보내줄게.
치이이
츠즛
……
빌어먹을! 이런 난장판이 돼서야…

팅
후우우우…

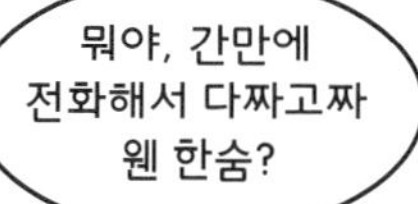
뭐야, 간만에
전화해서 다짜고짜
웬 한숨?

설마 저 불바다
어딘가에 갇혀 있는
건가?

무슨 일이야?
소문을 듣고
아이를 찾고 있었는데
엘가의 방벽들이
전부 폭발했어.

이번에 늑대굴에서
작정하고 달려든 것
같은데…
제기랄!
왜 하필이면
지금 이런 소란과
겹친 거야?

엘가놈들이
날 잡겠다고 구룡도에서
아이를 납치했대.
오, 저런…
매머독 그 자식은
보고만 있었대?

내 말이…
이 개자식이
등 따시고 배
불러지니까
나와의
약속은 안중에도
없는 거야.

엘은 둘째 치고
그놈부터 작살내야겠어.
아, 딸아이 이름이
뭐랬지?

가이린…
……

삼촌, 어디야?
아버지가 지금 상황을 보고받고 싶으시대. 당장 이리 와.

슈슉

여기서 기다리게.
옛썰!

하즈, 벙커의 방벽들이 폭발했다는데…
제가 그랬습니다.

뭐? 당신 미쳤어? 지금 그걸 말이라고…
그렇게까지 해서 우리가 뭘 얻는데?

그만! 하즈 삼촌의 뜻이라잖아!
삼촌한테 당신이 뭐야? 어서 사과드려!

그럼…
이번 일… 시간이 걸리는 거지?

네, 죄송합니다. 예상 못 한 변수들이 발생했지만
목표를 이루는 데는 지장 없습니다. 혼란을 견디는 시간이 필요합니다.

……

그래, 결과를 기다리지. 늘 그랬던 것처럼.
그럼 그동안 뭘 하고 있으면 좋을까…?

아… 가이린 양! 그녀와 친해지는 시간을 가질까?
!

그 친구를 여기로 데려오게.
예, 백작님.

쾅

젠장할! 방벽 폭발로 붉은늑대 전력의 3분의 2를 잃었어.
늑대굴 이 개자식들이 어디까지 준비한 거야?

팅
팀장!

면목 없습니다. 놈들이 방벽까지 건드릴 줄은…
자책 말게. 앞으로가 중요하니까.

이제 곧 우라노의 귀족들에게 구조를 요청할 테니까
그때까지 남은 전력으로 최선을 다해 벙커를 사수하게.

그리고 가이린 양… 안전을 위해 이곳에 있는 게 좋겠어. 바로 데려와줘.
예, 당장 그렇게 하겠습니다.

크읏…
둘 다 미쳤어. 사방을 불바다로 만들고선…

그나저나… 아버지가 그 여자한테 관심을 보이다니…
어째 더 욕심이 나는걸.

미쳤어?

일반인 동지들이 왜 우리 동의도 없이 그런 짓을 해?
여기는 자기 가족의 터전이란 말야.

저희도… 작전 중에 뭔가 잘못 건드린 게 아닌가 싶어
폭발 장소들을 전부 투시해봤어요.

하지만 연쇄폭발을 일으킬 어떤 연결 구조도 발견 못 했습니다.
뭐야, 그럼…

엘가의 함정이다.
인민들의 분노를 전부 우리에게 덮어씌우려는 거야.

흐으음…

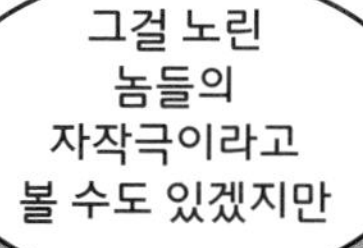

그걸 노린 놈들의 자작극이라고 볼 수도 있겠지만
위성 해킹 결과 붉은늑대 전력 손실이 3분의 2를 넘어.

응? 그 수치는… 과한데?
나머지 생존 전력의 배치 상황은?

폭발 이전처럼 벙커 주변으로 집중돼 있어.
뭐야, 속내를 모르겠네. 놈들 짓이 아닌가?

어쩐지 이거 자작극이라면…
제발 벙커 안으로 들어와달라는 것처럼 보여.

그러게. 방어를 빌미로 벙커를 계속 강조하고 있어.
엘 백작놈은 이미 멀리 몸을 숨겼을 텐데…

개인 화기 재정비해서 벙커로 들어가보자.
무모해. 그 안에 어떤 덫이 있을지 알고?

엘의 은신처 단서를 찾는 가장 빠른 방법이야.
일단은 들어가봐야 해.

너무 위험하다니까. 우선은 상황을 관망하는 편이…
그사이 엘가에 지원 화력이 보충되면 우린 끝이야. 사제님들은 어떻게 생각하세요?

우라노에서 라인이 끊겨?
그게… 무슨 의미지?

둘 중 하나입니다. 죽었거나 8우주를 벗어 났거나…
아무래도 임무 도중 사고가 난 것 같습니다.

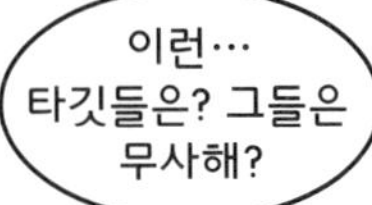

이런… 타깃들은? 그들은 무사해?

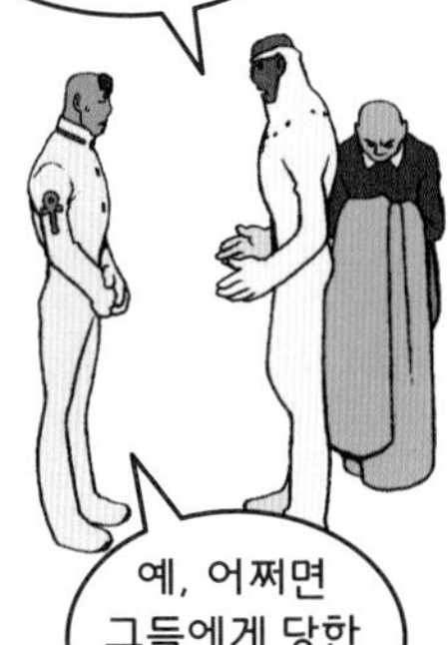

예, 어쩌면 그들에게 당한 건지도…

말도 안 돼. 그런 베테랑이…?
혹시… 쿵 싸움에서 생기는 돌발 변수로…?

……
일단은… 현장 조사와 추적을 동시에 진행해야 돼. 적임자를 찾기가…

아, 쉽지 않겠군요.
응, 이 일을 탈 없이 완수하려면 하이퍼 레벨은 돼야 하는데

그들 대부분은 소속된 교구에 충성을 다하는 터라
자칫 선발되는 동시에 이 프로젝트가 특정 주교에게 넘어가버릴 수도 있어.

이거 일이 갑자기 복잡해지는군.
최대한 빨리 적임자를 찾자고. 애도는 그 후에.

……
그게 무슨 소리야? 경호원이 가이린 양을 인질 삼아 도주…?
면목… 없습니다.
면목 없으면 문제가 해결돼? 평시였으면 자넨 퇴출이야!
도대체 정신을 어디에 두고 있는 건가?
지금 당장 붉은늑대를 동원해…
벙커 수비수도 모자라는 판에 그 무슨…
이건 내가 해결할 테니 자넨 방어에 집중해.
부… 분발 하겠습니다!
마침 잘됐어.
이 건을 사보이들에게 맡겨서…
하즈 님! 그간 별고 없…
아, 지금 난리가 났…
사고사로 위장할 일이 생겼네. 붉은늑대 이탈자와 그가 데려간 인질…
일처리 정확한 그 팀 있지?
이름이… 펜타곤이었나?

……

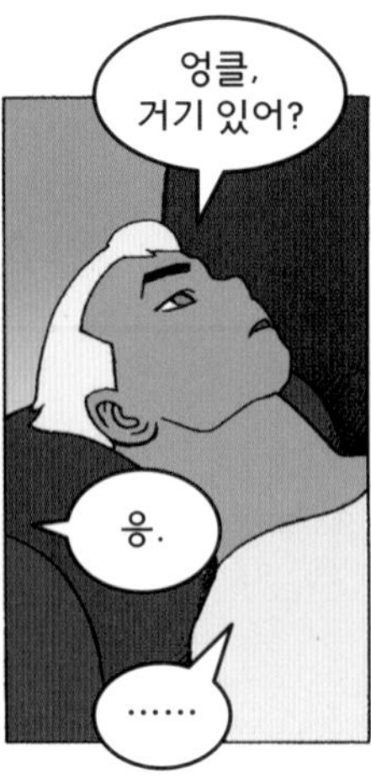
엉클,
거기 있어?
응.
……

이 얘기는
해야 할 것
같아서…
고맙고 미안해.

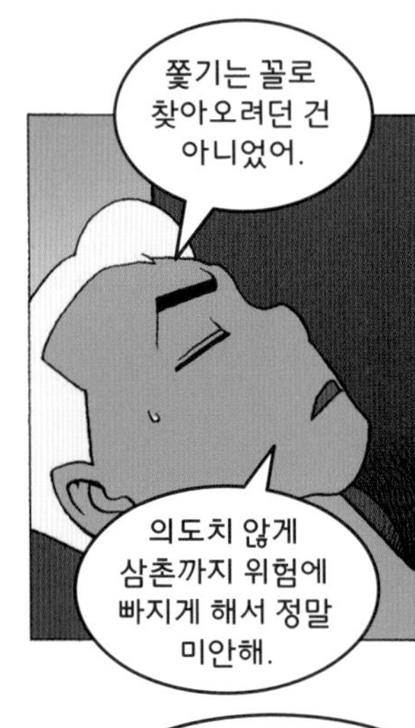
쫓기는 꼴로
찾아오려던 건
아니었어.
의도치 않게
삼촌까지 위험에
빠지게 해서 정말
미안해.

어머! 뭐야?
무슨 일이야?
!

불바다야. 아주
난리가 났네.
무슨 일이야?

늑대굴 쿼들이
주요 도시에 폭탄테러를
일으켰대.
엘가 경호원들이
많이 죽었다는데…

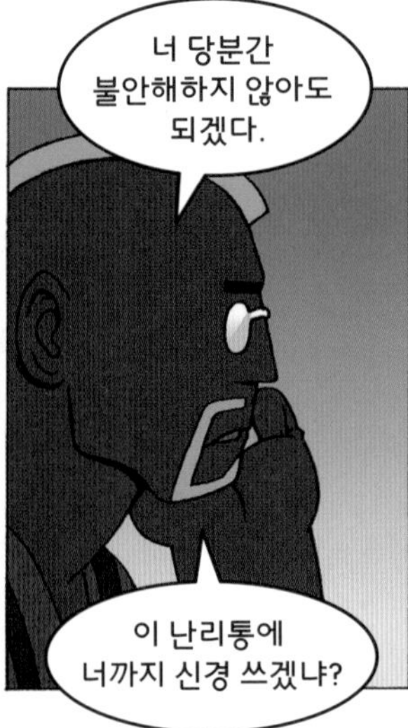
너 당분간
불안해하지 않아도
되겠다.
이 난리통에
너까지 신경 쓰겠냐?

……
테이…

혹시…
현장 사상자
명단 같은 것도
나와?
아직은…
엘가 소유의 방송
뉴스에선 드론 영상과
사건 상황 코멘트
뿐이야.
이렇게 대대적인
공격이라니…
이상하네.
민간인들도 많이
다칠 텐데 늑대굴이
이런 무리수를…?
젠장…
지금 내가
할 수 있는 건 역시
기도뿐인가?
우우웅
!
도착했구나.
누가?
친구.
지나는 길에 여기서
하루 묵겠대.
설마 날
밀고한 건 아니지?
우우웅
TAXi
이쪽은 내 조카,
다이크.
작은 사고가
있어서 시력 회복
중이야.
반갑습니다.
이쪽이야,
인마.

다이크…?
다이크라면…
응, 맞아.

제 아비보단
골격이 작군.
그리고
이쪽은…

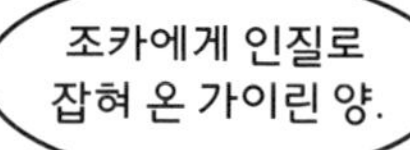
조카에게 인질로
잡혀 온 가이린 양.

안녕하세요.

……

……
?

저녁 준비할 테니까
천천히 인사 나눠.

이런…
내 아름다움에 넋이
나간 모양.
하여튼
애나 어른이나…

가이린!

네?
반반한
모양새만으로는
부족해.

좀 더 귀한 가치에
신경 써야 돼.
인질이라니…
사랑의 포로라도
된 모양인데

생존 문제 앞에선
다 부질없다.
뭐야, 저 인간…?
다짜고짜…
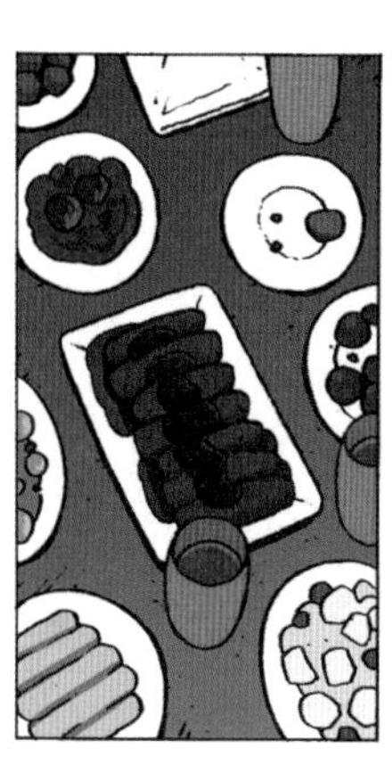

……
난 또 샌드위치야?
이거 벌써 물린다고.

시력이 회복돼
식탁에 손 올릴 수 있을
때까지 먹일 거야.
이런 악당 같으니…

어때?
먹을 만한가?
장난 아니에요.
점심때의 감동을
넘어서요.

요리엔
만든 사람의 인성이
깃든다는데
엉클은 정말
따뜻하고 멋진 분
같아요.

이 정도 실력이라면
속옷 취향도 이해할 수
있어.
이거 기분 좋은걸.
날 인정해주는 사람이
있다니…

여기가
전에 있던 곳보다
더 안전해?
네…?
그게 무슨…
말씀이신지…?

아, 이 친구
외행성인이라
우리말 표현이 많이
서툴어.
언어의 뉘앙스
차이 때문에 다소
무례하게 들릴
거야.

가이린 양이
인질이라니까 지금
심경이 어떤지
궁금한가 봐.
……

식탁에서도
얼굴을 가리시는 분께
받을 질문은 아닌 것
같지만
딱히 제게
더 안전한 곳은 따로
없어요.

그럭저럭
괜찮대.
그럼 그저
마음이 더 편하다
싶은 곳으로
옮긴 거냐?

본인한테
더 많은 기회가
주어지는 곳인데도
그저 경쟁이
버거워
더 도전해보지도 않고
도망친 거냐고?

아, 신경 쓰지
말아요. 저 친구
뜻도 모르면서
막 뱉고 있어.
뭐래?
아놔, 이거…
완전히 개또라이네.
됐다. 말할 가치도
없어.

표현이
서툰 게 아니라 그냥
무례하시네요. 오늘
처음 뵌 분이…
다짜고짜 저를
사랑의 도피나 하고 있는
철부지로 몰아 훈계
하시고…

기회? 경쟁? 도전?
맥락 없는 말씀에 많이
당황스럽지만
제 또래들을
어떻게 보고 계신지
바로 알겠습니다.

우리 모두
다들 자기 방식대로
소리 없이 몸부림치며
전쟁 중이에요.
버겁습니다.
응원하실 거 아니면
신경 꺼주세요.

죄송해요. 이런
훌륭한 식탁에서…
분위기를
해치려는 의도는
없었어요. 먼저
일어설게요.

엉클 요리 최고!
감사해요.
설거지는
제가 할 테니 이따
불러요.

뭐야, 너…
응? 다짜고짜…
누구 자식 아니랄까 봐
성질머리 하고는…

팅
CALL

잠시만…
식기 전에 와라,
이 꼰대야.

아주 간단해.
사고사로 위장해줘.
여기 두 사람…

14권 마침.

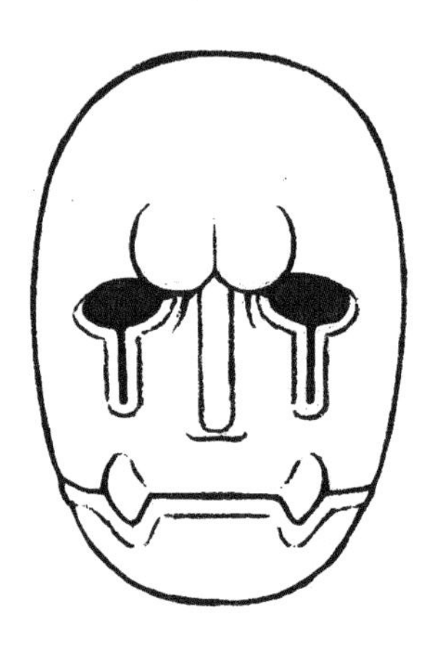

DENMA 14

초판 1쇄 인쇄일 2020년 5월 21일
초판 1쇄 발행일 2020년 5월 28일

지은이 양영순
채색 홍승희
펴낸이 정은영
편집 고은주 정사라 문진아

펴낸곳 ㈜자음과모음
출판등록 2001년 11월 28일 제2001-000259호
주소 (04047) 서울시 마포구 양화로6길 49
전화 편집부 (02)324-2347, 경영지원부 (02)325-6047
팩스 편집부 (02)324-2348, 경영지원부 (02)2648-1311
E-mail neofiction@jamobook. com

ISBN 979-11-5740-331-8 (04810)
979-11-5740-100-0 (set)

이 책에 실린 내용은 2017년 5월 1일부터 2017년 10월 24일까지 네이버웹툰을 통해 연재됐습니다.